DREAMBOOKS

수라왕

11

이대성 신무협 장편소설

dream books
드림북스

수라왕 11

초판 1쇄 인쇄 / 2015년 5월 19일
초판 1쇄 발행 / 2015년 5월 29일

지은이 / 이대성

발행인 / 오영배
책임편집 / 편집부
펴낸 곳 / (주)삼양출판사 · 드림북스

주소 / 서울시 강북구 도봉로 173
대표 전화 / 02-980-2112 팩스 / 02-983-0660
편집부 전화 / 02-980-2116 팩스 / 02-983-8201
블로그 / blog.naver.com/dreambookss

등록번호 / 제9-00046호
등록일자 / 1999년 3월 11일

값 9,000원

ISBN 979-11-313-0263-7(04810) / 978-89-542-5433-5 (세트)

* 지은이와 협의하에 인지는 생략합니다.
* 잘못된 책은 구입한 곳에서 바꾸어 드립니다.

이 도서의 국립중앙도서관 출판시도서목록(CIP)은 서지정보유통지원시스템홈페이지(http://seoji.nl.go.kr)와
국가자료공동목록시스템(http://www.nl.go.kr/kolisnet)에서 이용하실 수 있습니다. **(CIP제어번호: 2015013442)**

수라왕 11

이대성 신무협 장편소설

dream books
드림북스

차례

第一章

운휘, 검을 뽑다

'망할! 대체 왜 온 거야?'

엄승도는 은신해서 몸을 숨기고 있다가 자신도 모르게 속으로 욕지기를 내뱉었다.

정문으로 당당하게 들어서는 운휘를 보자 열불이 치솟은 것이다.

어째서 이곳으로 온 걸까?

잘만하면 아무 문제 없이 넘어갈 수 있었는데 대체 왜?

'빌어먹을.'

맨 처음.

척살조 고수들의 목표가 초류향이 아니라는 사실을 깨달았을 때.

엄승도는 크게 안도했다.

최악의 경우 운휘를 잃을 수는 있겠지만 그래도 소교주님을 잃는 것보다 백배는 나았다.

'그랬는데…….'

그래도 운휘가 이곳으로 오지 않았으면 했다.

그 역시 초류향에게 큰 힘이 되어 줄 존재가 아닌가?

이런 곳에서 잃기엔 너무 아까운 사람이었다.

다행히도 흑룡문이라는 허접스러운 삼류 문파의 녀석들이 삼류치고는 제법 쓸 만한 마지막 의리를 보여 주었다.

엄승도는 불타오르는 장원을 보며 녀석들에게 적잖이 감동했다.

그리고 조용히 녀석들의 명복을 빌어 주었다.

운휘가 등장하기 전까지만 하더라도 그랬다.

'젠장! 젠장!'

근본도 없는 삼류 문파의 녀석들이 의리를 지키는 것은 몇 번을 다시 떠올려 봐도 감동적인 장면이었다.

하나 그놈들의 마음에 보답하는 운휘의 모습은 몇 번을 다시 떠올려 봐도 악몽 같은 장면이었다.

'어쩌지?'

척살조 녀석들은 전부 다 절정의 고수였고, 살인에 이골이 날 만큼 전문가들이었다.

제아무리 화경의 고수라 한들 저 녀석들의 손아귀에서 단신으로 살아남을 방법 따위는 없었다.

엄승도는 어금니를 깨물고 기다렸다.

일단은 기다리다가 최대한 혼란스러운 상황이 되었을 때.

그때 은밀하게 개입할 생각을 하고 있었던 것이다.

'그래 봐야 큰 도움이 안 되겠지만…….'

엄승도는 우울한 눈빛으로 운휘를 바라보고 있었다.

* * *

운휘는 뚜벅뚜벅 걸었다.

그리고 순식간에 적색 복면의 사내에게 다가가 그의 목줄을 아무렇지도 않게 움켜쥐었다.

"컥!"

미처 반응도 하지 못할 정도의 빠르기.

적색 복면 사내의 눈가가 붉게 충혈될 때.

운휘는 그런 사내에게서 시선을 떼어 바닥에 누워 있는 흑룡문주를 바라보았다.

"바보 같은 놈."

뇌한적은 비참한 모습이었다.

양쪽 팔이 절단되었고, 다리도 하나가 잘려 나가 있었다.

그래도 출혈은 생각보다 적었다.

적색 복면의 사내는 지독하게도 지혈을 해 가며 그의 전신을 해체하고 있었던 것이다.

뇌한적의 상태를 꼼꼼히 살펴보던 운휘의 얼굴이 와락 일그러졌다.

이건 가망이 없었던 것이다.

"……."

운휘는 갑자기 적색 복면 사내의 목줄을 쥐고 있던 손에 강하게 힘을 주었다.

뿌드득—

적색 복면 사내의 목이 힘없이 꺾이고 운휘는 그 시체를 저 멀리 집어던졌다.

그리고 천천히 한쪽 무릎을 꿇고 앉아 바닥에서 전신을 덜덜 떨고 있는 뇌한적의 상체를 받쳐 올렸다.

뇌한적을 내려보던 운휘의 입에서 가늘게 떨리는 음성이 흘러나왔다.

"……멍청한 녀석."

뇌한적은 고통으로 전신을 떨면서도 시선을 돌려 운휘를 바라보았다.

초점이 제대로 맞지는 않았지만 그의 눈가에는 온통 안타까움이 가득했다.

"……여기는 왜 오셨습니까, 형님."

"……."

운휘는 주위에 둘러앉은 채 붉게 충혈된 눈으로 자신만을 보고 있는 흑룡문의 형제들을 바라보며 낮게 말했다.

"분명 너에게 나보다 먼저 죽게 하지는 않겠다고 말했을 텐데?"

뇌한적은 입에서 피를 게워 내며 툴툴 웃었다.

"……그래도 형님은 이곳에 오지 않으셨어야 했습니다."

띄엄띄엄 힘겹게 말하는 뇌한적의 말을 끝까지 들은 운휘는 무감각하게 말했다.

"그건 내가 판단한다."

"……지금이라도 늦지 않았습니다. 저희들은 신경 쓰지 마시고 어서 빨리 도망을……."

뇌한적의 호흡이 점점 가빠지더니 얼마 지나지 않아 그의 전신에서 힘이 풀렸다.

운휘는 심장이 뛰지 않는 뇌한적을 한동안 물끄러미 바라보다가 입을 열었다.

"쉬어라. 금방 끝내고 오마."

운휘는 무언가 더 말하려다가 멈추더니 옆에 있던 청년에게 입을 열었다.

"마풍."

"예, 형님."

"이 녀석은 네가 잠시 맡아 둬라."

"예."

마풍은 뇌한적을 조심스럽게 받아서 안았다.

그 모습을 지켜보던 운휘가 복면을 벗어 그것으로 뇌한적의 얼굴을 가려 주며 말했다.

"이제부터 보여 줄 것은 별로 좋은 모습은 아닐 것이다. 그러니 보지 않는 게 좋겠지."

"……."

운휘의 목소리는 그 어느 때보다도 침착했지만 그의 두 눈은 새빨갛게 충혈되어 있었다.

소매에서 자신의 애검인 단홍소검을 꺼내 든 운휘는 완전히 포위망을 형성한 척살조의 고수들을 보며 냉혹하게 미소 지었다.

"너희들은 오늘 이곳에서 죽는다."

속에서 뜨거운 무언가가 울컥 솟아올랐다.

그 정체가 분노라는 것을 알았지만 운휘는 애써 그것을 마주 보지 않았다.

지금은 침착해야 했다.

저놈들은 그리 호락호락하지가 않았으니까.

그때 포위하고 있던 자들 중 녹색 복면을 한 사내가 앞으로 나섰다.

그가 웃으며 말했다.

"죽은 줄 알았는데 정말 용케 살아 있었구나."

"……."

"초류향은 찾지 못한 모양이지?"

운휘는 눈을 가늘게 뜨고 놈을 노려보았다.

녹색 복면의 사내는 음침한 눈으로 그런 운휘를 바라보다 입을 열었다.

"그냥 도망쳤으면 살았을 것을…… 이딴 놈들에게까지 의리를 지키는 건가? 정말 멍청한 놈이구나."

녹색 복면인이 비웃으며 손을 까딱거리자 척살조의 고수 마흔 명이 짝을 이루어 둥글게 포진했다.

"그럼 화경의 고수가 얼마나 무서운지 한번 경험해 볼까?"

그의 말이 떨어지기가 무섭게 마흔 명의 고수들이 일제히 운휘를 향해 달려들기 시작했다.

운휘는 그것을 말없이 지켜보았다.

'한 번에 하나씩.'

확실하게 죽여야 한다.

이게 가장 중요했다.

그러기 위해서는 서두르지 말고 적들이 가까이 다가올 때까지 기다려야만 했다.

운휘는 척살조의 고수들이 지척에 다가올 때까지 침착하게 기다렸다.

그러다 제일 먼저 다가온 녀석에게 재빠르게 단홍소검을 휘둘렀다.

우웅—

기운이 모이고 붉은색 핏빛 강기가 뿜어져 나가며 선두에 있던 놈의 얼굴을 쪼개려 했다.

콰콰쾅—!

폭음과 함께 운휘는 어깨가 가볍게 흔들리는 것을 느꼈다.

'여덟 명.'

운휘의 강기가 쏘아지기 무섭게 여덟 명이 힘을 모아 그것을 함께 받아 냈다.

동시에 양옆에서 그물 같은 검기가 쏟아져 들어왔다.

공격과 방어.

그것이 동시에 이루어진 것이다.

콰아앙—!

운휘는 빠르게 검을 휘둘러 양쪽에서 덮쳐 오는 공격을 막았다.

강기로 받아 내도 손목이 시큰거릴 정도로 녀석들의 공격은 위협적이었다.

서둘러 적과 거리를 벌린 운휘는 그들의 형세를 유심히 살펴보았다.

그리고 얼굴을 찡그렸다.

'어렵다.'

진법의 형태가 치밀하고 촘촘했다.

단번에 부수기는 어려워 보였다.

'이게 그 유명한 도살진인가?'

천마신교의 척살조가 유명해진 이유.

그것은 바로 이들이 목숨을 담보로 펼치는 도살진(屠殺陣) 때문이었다.

하나가 죽으면 다른 하나가 그 시체를 밟고 달려든다.

진법을 이루고 있는 인원 전부가 목숨을 도외시하기 때문에 공격 하나하나를 허투루 볼 수 없었다.

게다가 힘의 집중이 뛰어나서 정면으로 받아 내기도 쉽지가 않았다.

'하지만…….'

파훼법은 있었다.

단지 실행이 어려울 뿐.

운휘는 호흡을 고르며 조용히 때를 기다렸다.

더 늦으면 시도조차 할 수 없을 것이다.

운휘가 차분하게 그들을 노려보고 있을 때.

두 번째 공격이 날아왔다.

뒤쪽에서부터 덮쳐드는 공격.

살벌한 기운이 느껴지자 운휘는 뒤쪽의 공격을 무시하며 앞으로 내달렸다.

'멍청한…….'

멀찍한 곳에서 지켜보고 있던 녹색 복면인은 운휘의 행동을 보고 입가에 비웃음을 그렸다.

살을 주고 뼈를 친다.

운휘의 작전은 매우 단순했다.

다음 공격의 순간적인 빈틈을 노려 공격해 들어가려는 모양인데…… 저것은 도살진을 아주 우습게 여기는 짓거리이다.

'공격하고 있지 않을 때는 오로지 방어만 하지.'

절정 고수가 무려 마흔 명이다.

강기를 받아 낼 수 있는 가장 이상적인 인원은 여덟 명.

그들이 공격에 들어가면 나머지는 다음 공격 직전까지 방어 태세로 기다렸다.

그들의 단단한 방어는 화경의 고수로도 뚫을 수 없다.

'너는 지금 판단을 잘못했다.'

녹색 복면인이 입가에 미소를 지을 때.

앞으로 달려들던 운휘가 제자리에 우뚝 멈춰 섰다.

그러자 뒤쪽에서 공격해 들어가던 인원과 앞쪽에서 운휘의 공격에 대비해 기운을 끌어모으던 인원들이 양쪽에서 마주했다.

둘이 순간적으로 아주 가까워진 것이다.

'어?'

녹색 복면인의 얼굴이 찡그려질 때.

운휘의 단홍소검에서 맑은 빛이 뿜어져 나왔다.

동시에 사방을 휩쓰는 폭발적인 기운.

'귀도나락무.'

운휘의 성명절기.

비장의 공격이 터져 나온 것이다.

쿠아아악—!

강기의 폭풍.

운휘의 몸을 중심으로 수십 다발의 강기가 뭉텅이째 뿜어져 나갔다.

"망할!"

녹색 복면인은 당황스러운 얼굴로 앞으로 뛰쳐나갔다.

저놈이 노렸던 것은 단순히 공격과 공격 사이의 빈틈이 아니었다.

한순간에 뿜어낼 기운을 가장 효과적으로 사용하기 위해 척살조의 인원들을 한곳으로 모아 놓은 것이었다.

스스로의 몸을 미끼로 던진 일격.

그것은 분명 효과가 있었다.

한순간에 마흔 명의 고수를 다진 고깃덩이로 만들었으니까.

"놈은 지쳤다. 죽여 버려!"

저 정도 기운이면 마흔 명의 인원들 중 살아남은 놈은 없을 것이다.

여기까지는 인정한다.

하나 그게 끝이다.

녹색 복면인은 그렇게 생각하며 자신 역시 재빠르게 앞으로 튀어 나갔다.

마지막 마무리를 하기 위해서였다.

운휘는 극심한 내력 소모로 텅 빈 단전을 느끼며 소매에서 작은 환약을 꺼내 입에 넣었다.

그러자 내부에서 들끓던 내력이 빠르게 진정되며 일시적으로 안정이 찾아왔다.

'불사호심단.'

약효는 확실히 좋았다.

과거 공손천기의 말을 빌자면 비싼 만큼 약값을 하는 물건이었다.

그리고 그게 운휘를 살렸다.

'한 번만 더.'

운휘는 앞으로 튀어 나갔다.

그 서슬 퍼런 기세에 녹색 복면인이 움찔거렸다.

'설마 그걸 한 번 더?'

그럴 리가 없었다.

그런 말도 안 되는 무공을 한 번 더 쓸 수 있다니?

상식적으로는 불가능했다.

하나 불안했다.

녹색 복면인이 손을 들어 올렸다.

그러자 운휘에게 달려들던 인원들이 일제히 사방으로 흩어졌다.

운휘가 노리는 순간이 온 것이다.

'한 번에 하나씩.'

달려들던 운휘의 속도가 지금까지와는 비교가 안 될 만큼 순간적으로 빨라졌다.

촤아아악—!

녹색 복면인이 미처 다음 지시를 내리기도 전에 세 명의 목이 날아갔다.

운휘는 거기서 멈추지 않았다.

그의 몸이 엿가락처럼 길게 늘어나며 다음 먹이를 찾아 움직인 것이다.

녹색 복면인은 이를 갈았다.

뭉치면 방금 전의 일격이 걱정이었고, 그렇다고 흩어지자니 각개격파의 먹잇감이 되기에 딱 좋았다.

그렇다면 이 상황에서 녹색 복면인의 선택은 한 가지뿐이었다.

"저 개자식을 죽여!"

모두가 아까처럼 우르르 몰려들자 운휘는 몸을 돌리더니 뭉텅이로 뭉쳐 있는 다른 적들을 향해 달려들었다.

이것은 조금 전과 같은 상황이 아니던가?

녹색 복면인은 붉어진 얼굴로 명령했다.

"공격 들어가지 마! 다들 방어해!"

뒤쪽에서 사납게 몰려들던 인원들이 순간적으로 멈칫거렸다.

그 사이에 운휘는 정면에 있던 인원들을 향해 단홍소검을 뽑아서 달려들다가 우뚝 자리에서 멈춰 섰다.

'온다!'

아까 전의 그 무시무시한 무공이 펼쳐질 것이라 예상한 모두가 뒤로 빠르게 물러설 때.

운휘는 손에 들고 있던 단홍소검을 불쑥 집어던졌다.

쐐애애액—!

운휘의 손을 떠난 단홍소검이 붉은색 뇌전과 함께 한 줄기 선이 되어 정면에서 물러서고 있던 적들의 목을 한 방에 날려 버렸다.

"이런 미친!"

이기어검술이었다.

녹색 복면인의 입에서 욕지기가 터져 나올 때.

운휘가 단홍소검을 회수하며 담담하게 그를 응시했다.

그 차분하고도 무감각한 시선을 받은 녹색 복면인의 얼굴에 차츰 경련이 일어났다.

*　　*　　*

숨어서 몸을 은신하고 있던 엄승도는 적잖이 감탄했다.

운휘가 강하다는 거야 원래 알고 있었지만 이 정도일 줄은 정말 꿈에도 생각지 못했던 것이다.

'저 정도면 거의 오제급이지 않나?'

삼황오제칠군.

그들 중 오제급의 고수라면 화경의 고수들 사이에서도 손에 꼽는 수준이었다.

운휘가 설마 저 정도의 경지일 줄은 몰랐던 엄승도였기에 어떤 기대감을 가지고 상황을 지켜보고 있었다.

'근데 이놈은 왜 이렇게 안 와?'

슬슬 올 시간이 지난 것 같은데 오지 않는 임학겸을 떠올리며 엄승도는 자신이라도 나서야 할 것 같은 불안감을 느꼈다.

* * *

'효과가 있군.'

운휘는 차분한 안색으로 녹색 복면인을 응시했다.

지치지도 않은 것처럼 고요한 신색.

운휘를 살펴보던 녹색 복면인의 얼굴이 점차 급격하게 일그러졌다.

'속은 건가?'

방금 전에 보였던 이기어검술.

그것은 현재의 운휘에게 귀도나락무만큼은 아니었지만 거의 그에

준할 만큼 막대한 내력을 소모하게 만들었다.

본래 이기어검술을 펼칠 수 없는 운휘였다.

그것을 펼치기엔 실력이 조금, 아주 조금 모자란 것이다.

방금 그것은 정말 어거지로, 쥐어짜듯이 그것과 비슷하게 겨우 흉내만 내었을 뿐이다.

진짜배기가 아니었다.

'그래도…….'

그것만으로도 놈들은 충분히 겁을 집어먹을 만했다.

어설프긴 했어도 전설상의 이기어검술이 아닌가?

사전에 귀도나락무의 파괴력도 보았으니 운휘의 경지에 대해서 착각하게 될 가능성은 충분했다.

놈들을 겁먹게 하는 것.

이것을 위해 운휘는 지금 무리를 한 것이다.

"이놈……."

녹색 복면인은 운휘의 상태를 알아보기 위해 필사적이었다.

하나 지쳐 있는 것인지 아닌지, 도저히 판단을 내릴 수가 없었다.

가만히 석상처럼 서 있는 저놈의 얼굴에서는 일말의 피로감도 엿보이지 않았다.

지극히 담담한 얼굴.

저 여유가 꾸며진 것인지 아닌지 쉽게 판별하기 어려웠다.

그만큼 지금 운휘의 얼굴은 평온하고도 고요했다.

덕분에 그를 둘러싼 척살조의 인원들은 이러지도 못하고 저러지도 못하고 있었다.

'잠깐.'

시간이 흘러갈수록 초조함을 느끼던 녹색 복면인은 얼굴을 찡그렸다.

'아무리 그래도 그 정도의 무공을 썼는데 조금도 피로하지 않다는 게 말이 돼?'

절세신마 공손천기.

그가 아니고서야 저것은 불가능했다.

설령 삼황 중 하나가 오더라도 방금 전처럼 엄청난 무공들을 연달아 사용하면 지쳐 버릴 게 분명했다.

녹색 복면인은 입가에 가느다란 미소를 그렸다.

'허세였군.'

그랬다.

저것은 저놈이 어렵사리 꾸미고 있는 모습인 것이다.

짝짝짝—

녹색 복면인은 박수를 치며 운휘에게 비웃음을 날렸다.

"재미있었다. 하마터면 깜빡 속을 뻔했어. 뛰어난 연기력이었다."

"……."

"괴물 같은 움직임에 엄청난 무공. 확실히 대단한 놈이지만 너는 여기서 죽는다."

녹색 복면인은 천천히 지붕 위로 움직여서 손가락을 까딱거렸다.

그렇게 아까와 같이 마흔 명의 집단을 하나 더 만들어 내며 말했다.

"처음에 네 녀석이 썼던 그 정체불명의 무공. 그게 무서워서 여태 망설였는데 생각해 보면 해답은 간단한 거였다. 그게 뭔지는 모르겠지만 또 쓸 수 있으면 한 번 더 써 봐. 우리는 아직 인원이 많거든."

그랬다.

애초에 머릿수로 밀어붙이기 위해 이만한 규모로 오지 않았던가?

괜히 피해를 줄여 보겠다고 시간을 끌다가 오히려 더 큰 타격을 입을 판이었다.

여기에서는 빠르게 결단을 내리는 게 옳았다.

"놈을 죽여."

녹색 복면인의 명령이 떨어지고 마흔 명의 고수들이 일제히 운휘를 향해 달려들었다.

그 모습을 지켜보던 운휘의 얼굴이 어두워졌다.

'아쉽군.'

조금만 더 몸을 회복할 수 있었다면 좋았을 법했다.

귀도나락무를 펼치기엔 아직 힘이 모자랐던 것이다.

그 얼굴을 유심히 지켜보던 녹색 복면인은 속으로 환호성을 질렀다.

저놈은 이제 그 강한 한 방이 없었다.

두려워할 필요가 없는 것이다.

싸악—

사방에서 공격해 들어오는 척살조 고수들.

그들의 검기를 최대한 몸을 움직여서 피하며 운휘는 몸을 사렸다.

녹색 복면인은 이제 팔짱을 끼고 그 모습을 흐뭇하게 바라보았다.

제아무리 고수라도 저놈은 지쳐 있었다.

'괜히 쫄았네.'

생각보다 피해가 컸지만 상관없었다.

일차적인 목표는 충분히 달성할 테니까.

녹색 복면인이 즐거운 마음으로 운휘와 척살조의 싸움을 지켜보고 있을 때.

흐릿한 그림자가 녹색 복면인의 뒤쪽에서 불쑥 나타났다.

'어?'

녹색 복면인이 그 사실을 눈치채고 대응하려 했지만 이미 늦었다.

사악—

피 분수가 뿜어져 나오고 녹색 복면인의 머리가 공중에 떠올랐다.

숨어서 기회를 노리고 있던 엄승도.

그가 움직인 것이다.

"이놈은 내가 죽였다!"

녹색 복면인의 잘려 나간 머리를 잡고 위로 쳐들며 엄승도가 말하자, 운휘를 덮쳐 가던 인원들이 잠시 멈칫거렸다.

그 순간.

"후흐—"

길게 탁기를 뱉어낸 운휘가 손을 가운데로 모았다가 빠르게 사방으로 휘둘렀다.

'귀도나락무.'

울컥—!

제대로 이어지지 않는 내력으로 인해 속에서 피가 솟구쳤지만 개의치 않았다.

지금이 절호의 기회라 여긴 것이다.

콰아아아—!

운휘가 쓴 최후의 일격이 당황하고 있던 척살조의 인원들을 덮쳤다.

그와 동시에 엄승도가 다시 한 번 그림자에 숨어서 빠르게 이동했다.

'최대한 머릿수를 줄여야 해.'

운휘는 아마 이번 공격이 마지막일 것이다.

모두의 시선이 운휘에게 쏠려 있는 지금.

최대한 적의 수를 줄여야 했다.

엄승도는 재빠르게 움직이며 두 명의 머리를 새롭게 날려 버렸다.

하나…….

촹—!

척살조의 고수들은 바보가 아니었다.

세 명째부터는 정신을 차리고 검을 꺼내어 엄승도의 공격을 받아쳐온 것이다.

'젠장.'

실력은 미세하게 자신이 위다.

하지만 숫자에서 상대가 되지 않았다.

엄승도는 아쉬운 얼굴로 검을 맞부딪친 상대를 포기하며 지붕에서 훌쩍 뛰어내렸다.

그러고는 곧장 운휘를 향해 달려갔다.

"괜찮습니까?"

"……."

운휘의 상태는 말이 아니었다.

그래도 그의 마지막 일격은 확실히 효과가 있었다.

다 죽이진 못했어도 몇몇을 제외한 나머지는 확실하게 지옥으로 보냈던 것이다.

엄승도는 팔목에 차고 있던 검날을 꺼내어 아직 죽지 않고 아슬아슬하게 버티고 있던 녀석들에게 집어 던졌다.

놈들은 암기가 다가오는 것을 뻔히 보면서도 저항하지 못했다.

푸푸푹—

순식간에 살아 있던 일곱 명을 마무리 지은 엄승도가 재빨리 운휘를 들쳐 업으며 전음으로 말했다.

『죽지 마십시오. 조금만 더 버티면 됩니다. 그럼 노진녕 님이 올 겁니다.』

운휘는 노진녕이라는 말에 반응했다.

그리고 고개를 끄덕이며 부들부들 떨리는 손으로 소매에서 불사호심단을 꺼내어 입에 넣었다.

'크윽.'

식도를 타고 흘러내려 간 불사호심단은 마치 용암을 삼킨 것처럼 뜨거운 액체가 되어 몸 안에 넓게 퍼져 나갔다.

하지만 내력이 진정되지는 않았다.

약효가 발휘되기에는 몸이 지나치게 망가져 있었기 때문이다.

운휘는 입과 코에서 연신 피를 쏟아 내며 힘없이 엄승도의 등에 업혔다.

정신이 혼미해졌다.

전신에서 열이 펄펄 끓어올랐고, 머리는 핑글핑글 돌았다.

쉬고 싶었다.

그동안 너무 힘들지 않았던가?

'그래도 지금은 안 된다.'

운휘는 약해지려는 마음을 달래며 악착같이 정신을 차리기 위해 애썼다.

노진녕.

그놈이 온다고 하지 않는가?

이런 망가진 꼬락서니를 그놈에게만은 보이고 싶지 않았다.

운휘가 흐려진 시야를 억지로 다시 회복했을 때.

자신을 업고 있는 엄승도는 이미 피투성이였다.

'음…….'

운휘는 벽을 등지고 한 손으로만 척살조의 고수들을 상대하는 엄승도를 보며 고개를 끄덕였다.

엄승도는 최대한 적과의 접점을 줄여서 포위를 피해 가며 끈질기게 싸우고 있었던 것이다.

다행이라면 적들도 그다지 무리해서 달려들지 않고 있다는 점이었다.

그들 눈에는 엄승도와 운휘.

둘 모두 다 잡아 놓은 먹이로 보일 테니까.

굳이 무리할 필요가 없는 것이다.

"흐흐……."

엄승도는 피 칠갑을 한 채 비릿하게 웃었다.

저놈들이 자신을 가지고 놀고 있다는 것쯤은 이미 알고 있었다.

하지만 상관없었다.

죽지만 않으면, 버티기만 하면 자신의 승리인 것이다.

'내가 고작 이런 곳에서 죽을 것 같아?'

매 순간순간이 억겁의 시간처럼 느릿느릿 흘러갔다.

하지만 엄승도는 마음을 다잡았다.

기다리면 반드시 온다.

그런 믿음이 있었던 것이다.

왼손으로는 운휘를 받쳐 들고 오른손만으로 싸우던 엄승도는 어느 순간 오른 손목이 팔목부터 깨끗하게 잘려 나가는 것을 보았다.

고통도 고통이었지만 검을 쥘 손이 없다는 것은 뼈아픈 타격이었다.

"젠장."

엄승도는 낮게 이를 갈았다.

쐐애애액—!

그에게 검이 없다는 것을 보자마자 적들이 성난 이리처럼 달려들었다.

엄승도는 그런 적들을 향해 벌겋게 웃으며 떨어져 있던 검을 발로 차올렸다.

그리고 검 손잡이를 이빨로 단단히 물었다.

'이가 없으면 잇몸으로.'

촤촤촤악—!

엄승도가 고개를 흔들며 검을 휘두르자 마구잡이로 달려들었던 놈들의 몸에서 피가 뿜어져 나왔다.

하나 엄승도 역시 무사하지 못했다.

순간적으로 한쪽 귀가 떨어져 나가고 잘려 나갔던 팔목이 이번에는 어깨까지 끊어졌다.

그렇지만 엄승도는 부상당한 운휘를 놓지 않았다.

"지독한 놈."

척살조의 누군가가 진저리를 치며 말하자 엄승도는 검을 물고 있는 상태로 음산하게 웃어 주었다.

"이제 그만 죽어라."

잘 봐줘도 여기까지였다.

척살조의 녀석들이 보기에 엄승도는 정말 할 만큼 했다.

엄승도 역시 더 이상은 움직일 여력이 없는지 가만히 서서 심장을 찔러 오는 검을 우두커니 바라보고만 있었다.

콰아아앙—!

엄승도의 심장 바로 코앞에서 검이 부러져 나가더니 그 검을 찌른 척살조의 고수가 피 분수를 뿜으며 저 멀리 고꾸라졌다.

엄승도는 바닥에 털썩 주저앉아 어깨의 혈도를 짚으며 낮게 웃었다.

"……너무 늦으셨습니다. 정말 죽을 뻔했잖습니까."

"미안, 길이 좀 꼬였어. 근데 괜찮아?"

엄승도는 고개를 끄덕이며 운휘를 벽에 기대어 놓은 채 자신도 그 옆에서 거친 숨을 몰아쉬었다.

저 멀리 임학겸이 등을 보이고 있던 놈들을 하나씩 제거하고 있는 게 보였다.

"망할 놈……."

엄승도는 만족스럽게 웃었다.

어찌 되었건 이겼다.

살아남은 것이다.

팔 하나가 잘려 나갔지만 이 정도면 싼 대가였다.

'문제는…….'

엄승도는 주변을 둘러보며 어두운 얼굴을 해 보였다.

임학겸과 노진녕이 왔다 하더라도 별로 희망은 없어 보였다.

그들을 업고 도망치기엔 적들이 아직도 너무 많았던 것이다.

'이걸 어떻게 돌파하냐, 이건데…….'

아직 노진녕과 임학겸, 두 사람의 체력이 쌩쌩할 때 빠져나가야 했다.

적들의 숫자는 이백이 넘었고, 그들을 상대로 싸우다가는 결국 다 같이 죽는 수밖에 없었다.

척살조 녀석들도 그 상황을 눈치챘다.

그래서 이제는 악착같이 물고 늘어지기 시작했다.

'이런 식이면 곤란해.'

엄승도는 거친 호흡을 필사적으로 가다듬으며 생각을 정리했다.

방법을 찾아내야 했다.

지금 상황에서 살아남을 방법을.

"어어?"

노진녕은 주먹을 휘두르다가 움찔하며 물러섰다.

이놈들이 주먹을 뻗는데도 피할 생각을 하지 않고 무작정 들이대기 시작했던 것이다.

퍼억—!

피떡이 되어 떨어져 나가는 놈 뒤로 곧장 다른 놈이 덮쳐들었다.

죽은 시체들이 거추장스럽게 노진녕의 움직임을 방해했고, 새롭게 달려드는 놈 역시 공격을 당하든 말든 악착같이 물고 늘어졌다.

도살진.

그것이 발동된 것이다.

좌아악—!

"이 새끼들이?"

노진녕은 가슴팍에 길게 난 상처를 보며 길길이 날뛰었다.

힘을 아끼거나 배분하지 않고 무작정 막무가내로 쏘아붙이기 시작한 것이다.

천마신공이 펼쳐지고 사방에서 묵빛의 강기가 떨어져 내렸다.

초반에는 좋았다.

순식간에 적들을 정리한 것이다.

문제는 그다음이었다.

천마신공은 그 파괴력만큼이나 막대한 내력이 소모되는 무공이다.

당연히 궁지에 몰릴 수밖에 없었다.

죽여도 죽여도 끝도 없이 몰려드는 적들에 노진녕은 당황했고, 금세 힘이 빠지기 시작했다.

임학겸은 상황이 더욱 나빴다.

그 역시 수세에 몰려 어쩔 수 없이 노진녕과 합류해서 엄승도와 운휘를 지키고 있었지만 간당간당해 보였다.

'망할.'

엄승도는 억울했다.

도저히 살길이 보이지 않았던 탓이다.

여기까지 악착같이 버텼는데 이렇게 허망하게 죽어야 하나?

막 그의 눈에 절망감이 떠오를 무렵.

그의 시야에 이상한 것이 보였다.

'토낀가?'

새하얀 털빛의 토끼.

자그마한 토끼가 지붕 위에 뒷발로만 서서 오만한 눈길로 아래를 내려다보고 있었다.

엄승도는 갑작스럽게 자신의 눈에 보인 토끼 때문에 고개를 갸웃거렸다.

'저놈이 왜 저기 올라가 있지?'

이런 데서 토끼가 갑작스럽게 나타난 것도 신기했고, 그 토끼가 지붕 위에 뒷발로만 서 있는 것도 조금 이상했다.

만월의 커다란 달을 배경으로 지붕 위에 두 다리로 서 있는 토끼.

그 기묘한 모습에 엄승도가 시선을 떼지 못하고 있을 때.

옆에 있던 운휘 역시 지붕 위의 토끼에게서 시선을 떼지 못했다.

토끼와 시선이 마주친 순간.

운휘는 자신도 모르게 거칠게 숨을 토해 냈다.

'저놈은…….'

잊을 수가 없었다.

그때의 그 요물이 아닌가?

저놈이 여기에 있다는 것은 어떤 한 가지의 가능성을 뜻했다.

운휘는 침착하게 시선을 돌렸다.

'어디 계십니까?'

반드시 계실 것이다.

저 괴물 놈은 항상 누군가의 뒤를 따라다니지 않았던가?

걱정스러운 얼굴로 운휘가 주변을 살펴볼 때.

막수의 옆에 누군가의 그림자가 불쑥 나타났다.

부르르—

동시에 운휘의 몸이 가늘게 떨렸다.

운휘는 갑자기 나타난 그림자를 유심히 살펴보았다.

군살 없이 잘 빠져서 언뜻 보기엔 말라 보이는 호리호리한 몸.

정돈되지 않아서 아무렇게나 헝클어진 긴 머리.

뽀얀 피부에 앳되어 보이는 얼굴.

큰 키의 젊은 사내는 아주 순간적으로 운휘와 시선이 마주쳤다.

운휘의 몸이 벼락이라도 맞은 듯 펄떡였다.

'주군!'

초류향이었다.

굳어 버린 몸을 일으키려 운휘가 안간힘을 쓸 때.

지붕 위에 있던 그림자가 연기처럼 사라졌다.

운휘는 필사적으로 주변을 다시 둘러보았다.

그러다 그의 시선이 한 곳에 머물렀다.

초류향은 운휘의 시선이 닿는 아무것도 없는 빈 허공 위에 그림처럼 서 있었다.

우웅—

그의 손에 기운이 모이고 붉은색 강기가 허공에 응집되었다.

"폭마혈우."

초류향의 입에서 작은 중얼거림이 흘러나왔다.

동시에 붉은색 피의 비.

무시무시한 강기의 빗방울이 하늘에서 바닥을 향해 쏟아져 내렸다.

"크윽!"

"으아악!"

강기의 빗방울에 맞은 사람들의 몸에 구멍이 숭숭 뚫렸다.
수라환경.
그 악마 같은 무공이 강호에 다시 재현된 것이다.
초류향은 폭마혈우 한 방으로 수십 명의 사람을 학살한 다음 천천히 허공에서 내려왔다.
마치 계단을 내려오듯 편안한 모습.
"허, 허공답보!"
척살조의 고수들이 경악에 찬 얼굴을 할 때.
초류향은 천천히 내려와 운휘와 노진녕, 엄승도와 임학겸을 마주한 다음 입을 열었다.
"오랜만입니다."
"소교주님……."
죽을상을 하고 있는 노진녕의 몸에서는 수증기가 모락모락 뿜어져 나오고 있었고, 임학겸 역시 땀을 비처럼 흘리며 지친 안색을 하고 있었다.
그들을 둘러보던 초류향은 한쪽 팔이 떨어져 나간 엄승도에게 시선을 멈추었다.
"걱정 마십시오. 죽지 않았습니다, 소교주님."
엄승도는 최대한 밝게 웃어 보였다.
하나 초류향의 굳어진 표정은 쉽사리 펴지지 않았다.
초류향은 그 옆에 있는 운휘를 바라보다가 고개를 끄덕였다.
"이야기는 나중에 하지요. 우선은……."

초류향이 고개를 돌려 척살조의 고수들을 바라보며 입을 열었다.

"이쪽부터 해결하고 나서……."

척살조의 고수들은 긴장했다.

아직도 그들은 이백 명 정도가 살아 있었다.

절정 고수 이백 명.

웬만한 대문파 하나 정도는 가볍게 찜 쪄 먹을 인원이었다.

하지만 상대가 방금 보여 주었던 무공을 생각하니 걱정이 되었다.

쉽게 죽일 수 있을 것 같지 않았던 것이다.

그때 가만히 적들을 바라보던 초류향이 입을 열었다.

"백구십칠 명."

현재 살아남아 있는 척살조의 정확한 숫자였다.

맨 처음 삼백팔십 명이 출발했는데 오늘 한나절 만에 백팔십 명 정도가 죽은 것이다.

천마신교 내에서도 고르고 고른 절정의 고수들.

그들 중 절반이 단 하룻밤 사이에 시체가 되어 버렸다.

가만히 그들을 바라보던 초류향이 조용하게 입을 열었다.

"남아 있는 백구십칠 명 모두, 이곳에서 죽습니다."

초류향은 선언하듯이 말하며 천천히 양손바닥을 펴서 가슴께에 모았다.

이윽고 그가 손바닥을 느릿하게 떼어내자, 붉은색의 험악한 강기가 그 사이에서 이글거리고 있었다.

그것이 척살조 인원들이 본 마지막 광경이었다.

*　　　*　　　*

강호가 들썩거렸다.

수라마군 초류향.

그가 다시 한 번 세상에 등장했던 것이다.

당시에 그 현장을 지켜보는 눈들이 많았기 때문에, 자세한 소문이 마치 날개가 달린 것처럼 사방으로 빠르게 퍼져 나갔다.

다른 어떤 곳보다 수라마군의 등장에 크게 동요한 곳은 천마신교였다.

그들은 내부에서 교주 자리를 놓고 치열하게 벌이던 암투도 중단하고 머리를 맞댄 채 심각한 고민에 빠져 있었다.

"이제 어쩔 생각이오?"

"무엇을 말인가?"

"아무래도 놈의 기억이 돌아온 모양이오만?"

"그런 모양이군."

사대 세가.

불과 어제까지만 해도 서로가 죽고 죽이던 사이였다.

교주 자리가 비었으니 누구든 올라갈 수 있었다.

후계자였던 초류향 역시 밀어냈고, 아무나 그 자리에 앉기만 하면 천마신교의 주인이 될 수 있었던 것이다.

"교 내의 움직임이 심상치 않소. 주 호법과 우 호법을 비롯한 호법원의 고수들이 주축이 되어서 일을 꾸미고 있소."

"좋은 기회겠구먼, 그들 입장에선."

"소교주가 돌아온다면 지금까지 벌여 왔던 모든 일들이 말짱 헛것이 되는 거요. 하루바삐 방법을 찾아내야 하오."

사대 세가의 주인들.

그들은 지난 며칠 동안 잠도 제대로 자지 못해서 하나같이 얼굴이 푸석해져 있었다.

그래도 그때는 견딜 만했다.

이 고비만 넘어선다면 천마신교의 주인이 될 수도 있었으니까.

하지만 지금은 아니었다.

용씨 세가의 가주 용무화는 뻐근한 뒷목을 꺾으며 입을 열었다.

"어차피 약육강식이 본 교의 율법 아니겠소? 그놈이 우리보다 강하다면 우리는 먹힐 것이고, 놈이 약하다면 잡아먹으면 그만이오."

"지금 우리가 잡아먹히게 생겼으니 하는 말 아니오! 얌전히 죽어 줄 생각이오, 용 가주께서는?"

용무화는 자신을 바라보며 말하는 천씨 세가의 가주, 천태악을 보며 히죽 웃었다.

"너무 겁을 집어먹은 것 아니오? 천 가주."

"뭐요?"

"아아, 역정 내지 마시고 잘 들어 보시오. 천 가주 외에 다른 가주들께서도 내 말을 잘 들어 주시오. 언뜻 보기엔 복잡해 보이지만 지금 우리에게 닥친 이 문제는 의외로 매우 간단하오."

"호오, 문제가 간단하다? 용 가주께서는 해결 방도가 있다는 거요?"

용무화는 자신에게 질문하는 선우세가의 가주.

선우강진을 보며 씨익 웃었다.

"해결 방도고 뭐고 없소. 초류향, 그 아이는 본 교에 복귀한다고 하더라도 우리를 죽이지 못할 테니까."

"어째서?"

"잊으셨소? 본 교의 피의 율법을."

피의 율법.

모든 것을 피로써 씻는 천마신교의 오랜 율법을 말하는 것이다.

"전대 교주였던 공손천기는 너무 오랜 기간 자리를 비웠소. 우리는 율법에 따라서 그를 축출했고, 소교주 역시 마찬가지요. 소교주는 백치라는 정보가 있었고, 오랜 기간 행방이 묘연했지. 우리는 율법에 따라 당연한 일을 한 거요. 잘못한 것은 하나도 없단 소리요."

"그래도……."

"우리가 애초에 우 호법과 주 호법이라는 막강한 고수를 설득할 수 있었던 이유가 뭐였소? 정당성이 우리에게 있었기 때문이오. 본 교의 역사는 피의 역사였기에 그만큼 끊임없이 발전해 올 수 있었소. 그 기본적인 율법을 지키려 한 것이 대체 어디가 잘못이었단 말이오?"

"……."

"초류향 그 아이가 다시 돌아온다면 분명 호법들은 녀석을 교주로 만들려고 할 것이오. 내버려 두시오. 어차피 발버둥 쳐도 그놈은 교주가 될 테니까."

그럴 것이다.

우 호법과 주 호법.

교내에서 가장 강력한 영향력을 가지고 있는 그들이 초류향을 지지하고 있었다.

"흐흐, 용 가주는 그렇게 꼬리를 만 개가 되려는 모양이지만……
나는 아니오."

천태악은 눈을 빛내며 용무화를 바라보았다.

용무화 역시 자신을 개라고 비하한 천태악을 사납게 노려보았다.

둘 사이에서 숨길 수 없는 긴장감이 흘렀다.

그 공기를 슬쩍 끊은 것은 선우강진이었다.

그가 둘 사이에 슬며시 끼어들더니 입을 열었다.

"천 가주께서는 뭐 좋은 생각이라도 있소? 괜히 무리하시는 건 아닌지 모르겠구려."

천태악은 용무화에게서 눈을 돌리지 않은 채 입을 열었다.

"모두 똑똑히 들으시오. 만약 내가 그놈을 죽이면 교주 자리는 내 차지가 될 거요."

용무화는 코웃음 쳤다.

어처구니가 없었던 것이다.

그도 초류향을 죽이는 방법을 생각해 보지 않은 게 아니다.

하나 너무 위험부담이 컸다.

그런 부담을 감수하면서까지 그놈과 부딪쳐 봐야 남는 게 없었다.

지금은 훗날을 도모하는 게 옳았다.

"가능할 거라 생각하시오? 삼황은 모르겠지만 적어도 오제의 실력에 준하는 놈이오. 그런 놈을 죽이시겠다? 그것도 단독으로?"

"물론이오."

용무화는 눈을 가늘게 뜨고 천태악을 살펴보았다.

진심인지 아닌지 가려내려 한 것이다.

'미친놈. 설마 진심인가?'

오제급의 고수라는 것.

그것은 실로 엄청난 무력이었다.

구주십오객에서 삼황을 제외하면 최강자라 불리는 이들이 바로 오제가 아닌가?

그들과 비견되는 것이 초류향이다.

'방법이 있나?'

용무화는 다시 한 번 머리를 굴려 보았다.

그리고 결론을 내렸다.

"그대가 만약 초류향을 죽인다면 그대가 교주 자리에 올라서는 것을 우리 용가가 적극 지원하겠소."

"……!"

용무화의 갑작스러운 말에 선우강진과 단리무한의 얼굴이 미묘해졌다.

일이 재미있게 돌아간다고 여긴 것이다.

“좋소. 나는 그놈을 죽이고 기필코 교주가 되겠소.”

단리무한과 선우강진은 서로 눈을 마주쳤다.

그리고 고개를 끄덕였다.

용무화와 천태악의 신경전.

이것이 어떤 결과를 가져오건 자신들과는 상관이 없었다.

“만약 그대가 초류향을 죽일 수 있다면 본가도 그대가 교주가 되는 것을 밀어주도록 하겠소.”

어차피 밑져야 본전이다.

선우강진이 말하고 단리무한은 가만히 듣고만 있었다.

그도 마지막에 써먹을 패가 있긴 했지만 지금은 아껴 둘 생각인 것이다.

그렇게 다들 각자의 생각을 하며 사대 세가의 회의는 마무리가 되었다.

회의가 끝나고 천태악은 바깥으로 나와서 그의 손자를 찾았다.

천자후.

천씨 세가의 가장 믿음직한 후계자.

“독비(毒妃)를 찾아와라.”

“그 미친 계집을 갑자기 무슨 일로 찾으십니까?”

“내 모가지를 걸고 마지막 승부수를 띄워 볼 참이다.”

스산한 목소리.

천자후의 얼굴에 불인감이 떠올랐다.

“설마 할아버지…….”

"그래. 초류향을 죽일 거다. 놈만 죽이면 교주가 될 수 있다."

욕망에 이글거리는 천태악의 눈을 보던 천자후의 얼굴이 와락 일그러졌다.

이건 무모한 짓이었다.

여태까지 조사한 자료들만 보아도 초류향은 감당 불가능한 괴물이 되어 있었다.

놈을 제거하려면 적어도 삼황급의 고수가 필요한 것이다.

'그래도 확신할 수가 없지.'

삼황급의 고수가 오더라도 그걸로 될 거라는 보장이 없었다.

놈은 무공뿐만이 아니라 괴상한 진법이라는 것도 다루었으니까.

머릿수로도 상대가 안 되고, 이제는 답이 없었던 것이다.

'그래도…….'

천태악이 최후의 수단으로 생각하는 것.

그것은 바로 독이었다.

과연 그 독이 오제급의 고수에게도 통할지는 미지수였지만, 전설로 내려오는 그대로라면 오제가 아니라 삼황급이라도 통하는 절대 독이었다.

'독중지왕(毒中之王).'

이 세상 모든 독들 중 제일가는 독.

형태도 없고, 냄새도 없지만 이 세상에서 가장 위험한 독.

'무형지독(無形之毒).'

오랜 시간 독을 복용하고 독공을 연마하면 단지 마음먹는 것만으로도 사람을 죽일 수 있었다.

역사상 그 누구도 오르지 못한 절대의 경지.

독비라는 여자는 그 경지를 이룬 고수였다.

'단지…….'

천자후는 얼굴을 찌푸렸다.

그녀는 무형지독을 연성하기 위해 독을 너무 많이 먹는 바람에 심각한 부작용이 생겨 버렸다.

완전히 백치가 되어 버린 것이다.

그녀에게는 적군과 아군의 구별이 없었다.

눈에 보이는 모든 생명체를 녹여 버렸다.

'피곤하게 되었군.'

천자후는 고개를 절레절레 저었다.

단 한 번밖에 써먹지 못하는 비장의 패.

그것을 꺼내야 한다는 사실이 엄청난 부담감으로 다가왔던 것이다.

하지만 어쩔 수 없었다.

지금 그것을 써먹지 않으면 정말 아무것도 하지 못하고 죽을 테니까.

그럴 순 없는 노릇이었다.

그러기엔 벌써 너무 멀리 와 있었다.

第二章

새로운 시대가 열리다

초류향은 자신을 찾아온 사람을 보며 희미하게 미소 짓고 있었다.

"오랜만입니다."

"걱정했습니다, 소교주님."

초류향을 찾아온 두 사람.

바로 천마신교의 모든 재정을 담당하고 있는 전 호법, 전박과 의술에 있어서 천마신교 최고라 손꼽히는 마의 선우조덕이었다.

전박은 도착하자마자 품에서 여러 가지 문서를 꺼내어 다짜고짜 초류향 앞으로 내밀었다.

"이게 뭡니까?"

"본 교의 재정 현황입니다. 소교주님께서 직접 확인하셔야 할 것 같아 정리해 왔습니다."

초류향은 고개를 끄덕이고 고마운 얼굴을 해 보였다.

천마신교는 그 덩치가 너무 거대했다.

당연히 거기에서 오고가는 금전 거래와 외부를 통해서 들락날락하는 금액을 다 정리하려면 꽤나 많은 수고가 들어갔을 것이다.

한데 그것을 전혀 내색하지 않는 선박이 초류향은 너무도 든든했다.

'사부님은 굉장한 사람을 얻으신 겁니다.'

새삼 비어 있는 공손천기의 존재감이 크게 느껴졌다.

"저는 부상당한 녀석들을 치료하고 오겠습니다, 소교주님."

"예. 부탁드리겠습니다."

선우조덕은 문서를 살펴보는 초류향을 뒤로한 채 후원에서 쉬고 있는 운휘와 엄승도를 찾아가 치료하기 시작했다.

초류향은 전박과 단둘이 마주 앉아서 문서들을 하나하나 읽어 보며 고개를 끄덕였다.

그리고 빙긋 웃어 보였다.

"제가 없는 사이 본 교는 아주 부자가 되었군요."

"모두 소교주님이 바탕을 다져 놓으신 덕분에 가능했지요."

사천으로 진출했던 소금 사업이 아주 잘 되어 가고 있었다.

게다가 안정기에 접어든 이후로는 소금뿐만 아니라 서방 세계와의 중개 무역에서도 막대한 이윤을 창출하고 있었다.

이제 천마신교는 자금력 하나만큼은 향후 몇십 년간 걱정할 필요가 없어졌다.

단지 지금 재정 상태에서 유일하게 걸리는 점이 있다면 소금의 거래 물량이었다.

'이제부터 그것을 해결해야겠지.'

아무리 은밀히 진행된다고 하지만 소금은 분명 밀무역이었다.

나라에서 그것을 언제까지나 그냥 지켜보고 있을 리가 없다.

현재 천마신교가 소금 밀무역을 하며 시장에 대량으로 소금을 풀고 있으니, 이건 분명 미래를 생각해서라도 차차 줄여 나가야만 했다.

초류향은 천천히 다음 문서를 읽다가 어느 부분에서 감격한 눈을 해 보였다.

"제 가족들은 무사했군요."

"예. 제가 따로 안전한 곳에 모셔 두었습니다."

고마웠다.

어떻게 형용할 수 없을 만큼.

초류향은 가족들의 안위를 차마 먼저 묻지 못하고 있었다.

여러 가지 안 좋은 생각들이 들었기 때문이다.

"정말 감사합니다, 전 호법님."

전박은 고개를 절레절레 저으며 말했다.

"제가 한 것이 아닙니다. 물론 실행은 제가 했지만 모든 계획은 교주님께서 짜 놓으셨습니다. 개인적으로 저에게 부탁하셨지요."

"스승님께서요?"

"예. 그리고 나중에 소교주님을 만나면 말을 전해 달라고 하셨습니다.”

초류향은 희미하게 웃었다.

스승님께서 마지막으로 남기신 말.

기대가 되었다.

“뭐라고 하셨습니까?”

전박은 헛기침을 몇 번 하더니 약간 난처한 얼굴로 초류향을 바라보며 물었다.

“토씨 하나 틀리지 말고 전해 드리라 했는데 괜찮으시겠습니까?”

“예, 저도 편한 마음으로 듣겠습니다.”

전박은 초류향에게 있어서 참으로 묘한 사람이었다.

과거 그의 스승이었던 조기천 선생님.

그와 너무도 비슷한 분위기를 풍겼기 때문이다.

산법을 잘하고 좋아한다는 것도 그러했고, 성격도 조기천 스승님과 매우 비슷했다.

‘항상 차분하고 이성적이지.’

그런 그가 저렇게 곤란한 얼굴을 하는 것을 보면 공손천기 스승님은 참으로 대단한 것 같다.

가만히 이어질 말을 기다리고 있을 때.

전박이 목소리를 몇 번 가다듬은 뒤 입을 열었다.

“내가 너에게 몹쓸 짓을 한 것 때문에 아직까지 소인배처럼 꽁해 있는 건 아니겠지? 그래, 섭섭해하는 것까지는 이해해 주마. 그래도 어쩌겠느냐? 이렇게 하지 않았으면 너도 잃고, 천마신교도 잃게 생겼는데. 내가 생각할 수 있는 최선의 방법이 이거였다."

"……."

전박이 공손천기의 말투를 흉내 내며 말하는 모습은 초류향에게 있어서 상당히 신선하게 다가왔다.

흥미진진한 얼굴로 지켜보고 있자니 전박이 시뻘겋게 변한 얼굴로 천장을 바라보며 계속 입을 열었다.

"네 가족들을 구해 준 것으로 서로 퉁 치도록 하자. 그리고 그동안 미처 쑥스러워서 하지 못했던 말이 있었는데 이 영감을 빌려 말하도록 하마. 사랑한다, 제자야."

"……."

뜬금없는 사랑 고백.

그것 덕분에 초류향과 전박 사이에 잠시 어색한 침묵이 흘렀다.

침묵은 생각보다 길었다.

때문에 전박은 괴로웠고, 자신에게 이런 부탁을 한 교주 공손천기를 속으로 원망하며 헛기침을 했다.

"……여기까지입니다. 험험."

말을 다 전해 놓고 그는 다시 천장을 바라보며 차마 초류향과 눈을 마주치지 못했다.

초류향은 마지막 말은 들은 후로 한동안 멍한 얼굴을 해 보였다.

그러다 피식 웃으며 입을 열었다.

"정말 스승님답군요. 감사합니다. 힘드셨을 텐데."

초류향의 감사에 전박은 자신도 모르게 깊은 한숨을 내쉬었다.

드디어 오랜 업보를 내려놓았다.

그에게는 천마신교라는 거대 단체의 몇 년 치 예산을 다루는 것보다 지금 공손천기가 부탁했던 말을 전해 주는 쪽이 더 힘들었던 것이다.

성격상 너무도 어려운 일이었지만 그는 공손천기의 부탁을 거절하지 못했다.

틱틱거리고 사사건건 공손천기에게 충고를 했던 전박이지만, 그 역시 공손천기를 진심으로 아끼고 있었기 때문이다.

'그래도 이건 좀 너무했습니다, 교주님.'

새삼 공손천기의 얼굴을 떠올리며 원망해 보는 전박이었다.

그래도 어찌어찌 그의 마지막 부탁은 이루어졌다.

그것이면 된 것이다.

"……어찌 되었건 교주님의 마지막 짓궂은 장난을 전해 드렸으니 마음이 후련합니다."

하나 후련하다고 말하면서도 전박의 얼굴에는 씁쓸함이 가득했다.

더 이상 교주 공손천기는 세상에 없었던 것이다.

그 사실을 알았기에 초류향 역시 잠시 공손천기의 얼굴을 떠올리다가 입을 열었다.

"저는 어떻게 하면 좋겠습니까?"

현재 초류향의 입장은 참으로 묘했다.

소교주였다면 당연히 생각할 필요도 없이 천마신교로 돌아가면 된다.

하나 지금은 공식적으로 천마신교에서 쫓겨난 신세다.

'끈 떨어진 연이지.'

돌아가기도 뭐하고, 그렇다고 돌아가지 않자니 갈 곳이 없다.

그야말로 기가 막힌 상황인 것이다.

"소교주님께서는 어떻게 하고 싶으십니까?"

전박이 되묻자 초류향은 고민했다.

사실대로 말하자면 지금 상황에서는 천마신교에 복귀하는 것이 가장 좋았다.

하나 그러기엔 문제가 너무 복잡했다.

"일단 부상에서 회복하는 게 우선일 듯싶습니다. 운휘 님과 엄승도 님이 많이 다치셔서……."

전박은 고개를 저었다.

"아뇨, 지금은 최대한 빨리 교에 복귀하시는 게 좋을 듯합니다."

"이유가 있습니까?"

"예. 부담스러운 녀석들이 소교주님을 노리고 있거든요. 곧장 이리로 오고 있습니다."

초류향은 고개를 갸웃거렸다.

"그게 누구입니까?"

"북해빙궁과 남만야수문입니다."

전박의 말을 들은 초류향은 고개를 끄덕였다.

자기가 아무리 강해졌다곤 하지만 확실히 남만야수문과 북해빙궁을 우습게 볼 수는 없었다.

적혈명과 구휘.

그리고 그들보다 더욱 강한, 삼황급이라 예상되는 북해빙궁주와 남만야수문주가 버티고 있었던 것이다.

'아직은 싸울 때가 아니겠지.'

초류향은 쓴웃음을 입가에 그리며 말했다.

"돌아가야겠군요."

"예, 최대한 빨리 교에 복귀하셔야 합니다. 준비는 이미 마쳤습니다."

준비를 마쳤다?

그게 무슨 말일까?

전박은 희미하게 웃으며 말했다.

"조만간 척살령은 취소될 것입니다. 소교주님께서 기억을 되찾으셨고, 무공 역시 회복하셨으니 복귀해서 교주직에 오르시는 게 당연합니다."

"사대 세가에서 가만히 있겠습니까?"

당연한 질문이었다.

사대 세가는 교주 직위에 대한 집착이 강하니 거의 손아귀에 들어온 그것을 쉽사리 내줄 생각이 없을 것이다.

하나 의외로 전박은 자신만만하게 미소 지으며 말했다.

"방법은 있습니다."

방법이 있다?

초류향이 궁금한 얼굴을 해 보일 때.

전박이 슬쩍 웃었다.

"생각해 보면 아주 간단합니다. 약육강식. 결국 힘으로 모든 것을 증명하면 됩니다."

"음……."

그랬다.

아주 단순한 일인 것이다.

힘의 증명.

그게 바로 천마신교의 오랜 전통이 아닌가?

"하루바삐 교에 복귀하셔서 안정을 찾아 주시는 것, 그것이 소교주님께서 가장 우선으로 해 주셔야 할 일입니다."

초류향은 진지하게 생각했다.

언젠가는 교주가 될 것이라 생각했다.

'하지만 나 혼자만으로는 어렵다.'

그렇다.

분명 혼자였다면 꿈도 꾸지 않았을 것이다.

하지만 초류향은 혼자가 아니었다.

그를 도와주는 호법들이 있고, 노진녕과 운휘도 있다.

엄승도와 임학겸도 있지 않은가?

'너의 사람은 네 손으로 구해라.'

과거 공손천기 스승님께서 했던 말이 머릿속에 맴도는 초류향이었다.

물론 당시의 스승님이 지금과 같은 상황을 예상하고 한 말은 아니었겠지만 지금 생각해 보니 그 말이 백번 옳았다.

"교에 복귀하겠습니다."

"잘 생각하셨습니다."

전박은 환하게 웃었다.

이로써 주 호법과 우 호법, 그리고 전박과 선우조덕이 생각하고 있던 천마신교의 그림이 완성된 것이다.

초류향이 돌아오는 날.

'다시 한 번 멀리 도약할 수 있는 크나큰 날개를 달게 될 것이다.'

전박의 입가에 드리워져 있던 웃음이 한결 더 짙어졌다.

*　　*　　*

"이거 정말 재미있는 일이군, 사제."

"그러게 말입니다."

태극검황 백무량.

그는 느긋한 얼굴로 눈앞에 놓여 있는 찻잔을 입가로 가져가며 웃었다.

"왜 갑자기 황실이 물러갔을까? 힘의 균형을 보았을 때 본인들이 압도적인 것을 알았을 텐데…… 뭐 짐작 가는 것이라도 있나?"

"글쎄요…… 그놈들이야 워낙에 꿍꿍이를 숨기니까 지금으로서는 알 수가 없습니다."

백무량은 무덤덤한 얼굴을 하고 있는 자신의 사제.

사자검군 유설빈을 바라보며 미소 지었다.

"흑월회에서는 일이 이렇게 될 것을 이미 알았던 걸까?"

"예, 아마 그랬던 것 같습니다. 그러니 모두가 철수한 안휘성에 그들만이 남아서 이득을 취하고 있었겠지요."

백무량은 감탄한 얼굴을 해 보였다.

"대단하구만. 본 맹의 상관중달도 알아내지 못했던 무언가를 냉하영이라는 처자가 알고 있었다는 말이구만."

"예."

"냉무기가 손녀 하나는 잘 키웠어."

"그래 봐야 머리만 쓸 줄 아는 계집일 뿐입니다."

사자검군 유설빈은 아까부터 불쾌한 얼굴로 의자에 앉아 퉁명스럽게 대답하고 있었다.

백무량은 사람 좋은 웃음을 입가에 그리며 그런 사제를 바라보았다.

"사제가 이렇게 기분이 좋지 않은 이유는 역시 그 녀석 때문이겠지?"

"누구를 말하는 겁니까?"

"수라마군."

"……."

유설빈은 말을 잇지 못했다.

사실이었으니까.

백무량은 그런 유설빈의 얼굴을 살펴보며 빙긋 웃었다.

“그때 죽이지 못했다는 아이가 수라마군이 맞나?”

“예. 용모파기를 보았을 때, 그놈이 맞습니다.”

“죽이지 못한 걸 후회하나? 이렇게 강해져서 온 녀석이 부담스러운가?”

후회한다? 부담스럽다?

이 사자검군 유설빈이?

유설빈은 조용히 고개를 저었다.

“전 그냥 아쉬운 것뿐입니다.”

“아쉽다?”

유설빈은 고개를 끄덕였다.

“번거롭게 일을 두 번 해야 하지 않습니까? 그때 한 번에 끝낼 수도 있었던 일인데.”

그날.

혈음마군 주상산과 함께 있던 꼬마아이가 마교의 소교주가 될 줄은 정말 꿈에도 생각하지 못했다.

만약 그 사실을 미리 알았더라면 모든 것을 제쳐 놓고서라도 그 꼬맹이부터 죽였을 것이다.

생각할수록 아까웠다.

괜히 일을 복잡하게 만든 것이다.

“은원이라는 것은 무서운 것일세, 사제. 그것을 너무 우습게 보지 말게.”

유설빈은 눈을 가늘게 떴다.

백무량의 말을 듣자 갑자기 그때 자신을 무섭게 노려보던 꼬맹이의 눈빛이 떠올랐던 것이다.

'건방진 놈.'

솔직히 꺼림칙한 느낌이 들지 않는다면 거짓말일 것이다.

그때 그 안경잡이 꼬맹이는 제 사부의 피를 뒤집어쓰고 피 칠갑을 한 채 악귀처럼 자신을 노려보지 않았던가?

그건 분명 고작해야 열 살 남짓한 꼬마가 보일 만한 눈이 아니었다.

"그 꼬마, 분명 눈앞에서 스승이 죽는 걸 보았다고 했지?"

백무량이 자신의 어깨를 주물럭거리며 묻자 유설빈은 고개를 끄덕였다.

"예."

그 스승을 죽인 게 유설빈 본인이었으니 확실했다.

유설빈이 떨떠름하게 대꾸하자 백무량이 흐릿하게 웃으며 말했다.

"이거 사제는 각오를 단단히 해야겠구먼. 한번 바닥으로 떨어져 봤던 놈만큼 무서운 건 없네."

유설빈은 입술 끝을 씰룩거렸다.

"얼마든지 받아 줄 생각입니다. 그래 봐야 애송이일 뿐이죠. 지금이라도 당장 놈을 박살 내러 갈 수 있습니다."

백무량은 고개를 저었다.

"너무 서두르지 말게. 그 정도 은원이라면 자네가 원하지 않아도 조만간 만나게 될 터이니. 그나저나 재미있겠군. 내 진전을 이은 자네와 공손천기의 제자와의 대결이라…… 기대되는구만."

"기대하실 것도 없이 싱거운 승부가 될 겁니다."

백무량은 미소 지었다.

태연하고 자신감 넘치는 말과는 달리, 그의 사제 유설빈은 수라마군을 제법 신경 쓰고 있었던 것이다.

그때 누군가가 후다닥 그들에게 다가왔다.

유설빈이 고개를 돌리며 말했다.

"무슨 일이냐?"

"맹에서 온 특급 정보입니다."

"그래?"

유설빈이 고개를 갸웃거리며 정보원이 내미는 문서를 받아 들었다.

그리고 그것을 그 자리에서 개봉하여 읽어 내려갔다.

문서를 읽어 내려가던 유설빈의 눈이 휘둥그레졌다.

그 표정 변화를 살펴보던 백무량이 호기심 어린 얼굴로 물었다.

"무슨 재미있는 정보라도 올라왔는가?"

"예, 아주 재미있는 정보입니다."

"이리 줘 보게."

백무량에게 문서를 건넨 유설빈은 찻주전자에서 차를 따르며 어처구니없다는 미소를 짓고 있었다.

문서를 읽어 내려가던 백무량 역시 눈을 빛내며 재미있다는 얼굴을 해 보였다.

"황실에서 척계광이 실각되었다라……."

"예."

"최근에 황실 병력의 움직임이 이상하더라니…… 갑작스럽게 철수한 이유가 이것 때문이었군."

"그렇겠죠."

"권력 싸움에서 척계광이 밀릴 것을 흑월회는 미리 알고 있었다는 말이 되겠지?"

"그럴 겁니다. 그러니까 황실이 제압했던 영역에 미리 들어가서 좋은 위치들을 선점했겠지요."

흑월회는 이번에도 가장 막대한 이득을 챙겨 갔다.

강호의 여러 거대 문파가 서로 물고 뜯고 싸우는 바람에 모두 손해를 보고 있는 와중에도 그들만큼은 착실하게 이득을 챙기고 있었던 것이다.

이건 그만큼 냉하영의 역량이 얼마나 대단한지를 잘 보여 주는 대목이었다.

'강호가 재미있어지겠군.'

이젠 흑월회도 만만하게 볼 수 없었다.

덩치가 커졌고, 대응도 빨랐으니까.

거기에 더해 강호가 빠르게 변화하고 있었다.

가장 두려운 존재였던 황실.

그들이 갑작스럽게 심해의 밑바닥으로 가라앉은 게 그 증거였다.

'새 시대가 왔군.'

구주십오객이 주도하던 시대는 이제 완전히 끝이 났다.

새로운 시대가 열린 것이다.

과연 누가 이 시대의 주인이 될 것인가?

백무량은 식어 가는 찻잔을 집어 들며 희미하게 웃었다.

*　　*　　*

초류향은 전박과의 이야기를 끝내고 후원에 있는 운휘의 처소로 찾아갔다.

이미 선우조덕이 운휘의 상태를 꼼꼼하게 확인하고 적절한 치료를 마친 터라 생각보다 회복이 빨랐다.

"몸은 좀 어떠십니까?"

"많이 괜찮아졌습니다, 주군."

"다행한 일입니다."

운휘는 안색이 초췌했지만 그래도 몸은 움직일 수 있는 상태였다.

화경의 고수였기에 그만큼 회복력이 빠른 것이다.

잠시 운휘를 바라보던 초류향이 조심스럽게 입을 열었다.

"볼에 있는 그 상처는…… 언제 생기신 겁니까? 저와 헤어지신 후에 생긴 상처입니까?"

운휘는 자신의 왼쪽 볼에 있는 상처를 만지다가 곤란한 얼굴을 해 보였다.

화령과 초류향을 두고 적들을 유인하다가 생긴 상처였다.

하나 그렇게 말할 수는 없었다.

걱정할 것이 뻔했기 때문이다.

"……제 실수로 인해 생긴 상처입니다. 주군께서는 마음 쓰지 않으셔도 됩니다."

초류향은 운휘를 물끄러미 바라보았다.

이 무덤덤하고 충직한 사람은 거짓말이 서툴렀다.

본인은 잘 둘러댔다고 생각하겠지만 초류향의 눈에는 확연하게 티가 나는 것이다.

초류향 역시 운휘가 자신을 신경 써서 그렇게 말했다는 것을 알았기에 애써 걱정을 드러내지 않으며 입을 열었다.

"아프지는 않았습니까?"

"예."

당시에는 상처의 고통을 느끼기보다는 살아남는 게 우선이었다.

적들의 거센 추적을 따돌리지 못하고 결국 폭포에서 떨어져 내렸을 때.

그때는 운휘도 '이젠 정말 죽었구나.' 라고 생각했다.

'생각해 보면 정말 질긴 목숨이다.'

운이 좋아서 겨우겨우 목숨을 건졌지만 운휘는 계속 마음이 불편했다.

초류향이 걱정되었기 때문이다.

그렇게 걱정했던 주군이 이렇게 멀쩡한 모습으로 눈앞에 나타나니 운휘는 크게 감격해 버렸다.

"무사하셔서 정말, 정말…… 다행입니다, 주군."

운휘의 갑작스러운 말에 초류향은 빙그레 웃었다.

말 속에서 그의 진한 걱정과 염려가 전해져 왔다.

마음이 따뜻해졌다.

"저는 이제 천마신교로 복귀할 생각입니다. 그곳에 가서 교주가 될 생각입니다."

초류향의 말에 운휘는 고개를 끄덕였다.

당연한 일이었다.

지난 시간 동안 잃었던 것을 되찾아야 했다.

"한 번 더 저를 믿고 따라와 주시겠습니까, 운휘 님?"

운휘는 초류향을 바라보다가 가만히 자리에서 일어났다.

그리고 천천히 바닥에 엎드리며 말했다.

"저는 준비가 되었습니다. 주군께서는 그저 저에게 명령만 하시면 됩니다."

초류향은 그런 운휘를 바라보며 희미하게 웃다가 입을 열었다.

"일어나세요, 운휘 님. 사실 이번에 거부했다면 강제로라도 데려가려고 했습니다."

운휘는 몸을 일으키며 담담하게 웃었다.

그 웃음을 보던 초류향이 불쑥 말했다.

"화령이 죽었다고 들었습니다."

"예."

누구에게 들었던 걸까?

운휘의 얼굴이 씁쓸해졌다.

초류향이 그 사실을 끝까지 모르길 바랐기 때문이다.

잠시 창가를 응시하던 초류향의 얼굴에 언뜻 괴로움이 스쳐 지나갔다.

"사실대로 말하자면 저는 지난 오 년간의 기억이 거의 남아 있질 않습니다. 그렇기 때문에 그녀가 어떻게 죽었는지, 왜 죽었는지도 기억이 나지 않습니다. 그래도 한 가지는 확실합니다."

초류향은 잠시 말을 멈추고서 운휘를 똑바로 바라보았다.

"그녀는 저 때문에 죽었습니다."

"……."

운휘는 아무 말도 하지 못했다.

초류향의 얼굴에 떠올라 있는 괴로움이 너무도 선명했기 때문이다.

어떻게 위로를 해야 할까?

이런 면으로는 대단히 서툰 운휘였기에 한참을 고민해 보았지만 별다른 말이 생각나질 않았다.

그저 조용히 초류향을 바라볼 뿐이었다.

"교에 돌아가게 된다면 그녀의 죽음에 대해 알아볼 생각입니다. 그게 그녀에게 해 줄 수 있는 제 마지막 보답일 듯합니다."

그녀의 죽음을 기억하는 것.

초류향은 그것이 자신을 지켜 주고, 자신을 대신해 목숨을 잃은 화령에 대한 최소한의 예의라 생각했다.

"마차가 구해지는 대로 곧장 천마신교로 복귀할 겁니다."

"예."

"운휘 님에게만 미리 말씀드리자면, 천마신교가 제 것이 되는 순간 세상은 바뀌게 될 겁니다."

세상이 바뀐다?

무슨 뜻일까?

운휘가 의아한 얼굴로 초류향을 바라볼 때.

초류향은 입가에 의미심장한 웃음을 띠며 말했다.

"저는 스승님처럼 평화주의자가 아닙니다. 그리고 뚜렷한 목표가 있지요."

대업.

초류향은 과거에 생각했던 큰 그림을 머릿속에 떠올렸다.

"스승님께서 튼튼하게 쌓아 올린 천마신교. 저는 그것을 사용해서 천하를 먹을 겁니다. 그게 제가 생각하는 대업입니다."

"……!"

운휘가 놀란 얼굴을 해 보였다.

천하 통일.

역대 천마신교의 교주들이 모두 꿈꾸었던, 바로 그것이 아니던가?

남자라면 누구나 한 번쯤은 꿈꾸는 그것.

꿈인 듯, 뜬구름처럼 허망한 그 말이 초류향의 입에서 흘러나오자 대단히 현실감 있게 들렸다.

"누군가에게 처음으로 말해 보는 것입니다. 앞으로 제 꿈을 위해서 운휘 님은 할 일이 많습니다."

운휘는 고개를 끄덕였다.

천하 통일은 정말 쉽지 않은 일이었다.

공손천기가 기초부터 차근차근 세심하게 쌓아 올린 천마신교였다.

하지만 그는 욕심이 없었다.

어마어마한 힘을 쌓아 놓고도 천하 통일이라는 달콤한 열매에 조금도 욕심을 보이지 않았던 것이다.

하나 지금의 초류향이라면 충분히 가능했다.

그는 아직 젊었고, 그러면서도 공손천기와 비교할 수 있을 만큼의 능력이 있었기 때문이다.

'그리고…….'

가장 중요한 요소.

초류향에게는 있지만 공손천기에게는 없었던 것이 있었다.

'욕망.'

초류향에게는 천하를 제패하겠다는 욕망이 있다.

그 사실을 깨달았기에 운휘는 하루바삐 몸을 회복해야 할 필요성을 느꼈다.

조금이라도 더 초류향에게 힘이 되고 싶었던 것이다.

* * *

준비된 마차가 움직이고, 초류향 일행은 천마신교로 이동하기 시작했다.

마차 안에는 초류향과 운휘, 노진녕, 엄승도와 임학겸이 타고 있었다.

그들은 약간 들떠 있었다.

천마신교에 복귀하는 것은 물론이고, 도착하자마자 초류향이 교주의 자리에 올라선다는 사실에 작게 흥분한 것이다.

'하지만…….'

아무도 그것을 겉으로 티 내지 않았다.

드러내놓고 기뻐하기엔 아직 불확실한 점이 많았던 것이다.

사대 세가도 그러했고, 그 외에 주변 정세 역시 불안했으니까.

모든 것이 확실해지면, 그때 가서 좋아해도 될 일이었다.

각자 여러 가지 생각에 잠겨 있을 때.

엄승도가 전신을 붕대로 칭칭 동여매고 있는 상태에서도 초류향 옆에 얌전하게 웅크리고 있는 토끼에게 관심을 보였다.

"이놈은 소교주님의 애완동물입니까?"

초류향은 엄승도의 갑작스러운 질문에 슬쩍 막수를 바라보았다.

"그런 셈입니다."

엄승도는 고개를 끄덕이며 초류향 옆에 있는 막수의 탐스러운 볼을 만지작거렸다.

운휘와 노진녕이 그 대담한 행동에 움찔할 때.

엄승도가 실실 웃으며 입을 열었다.

"위급할 때 비상식량도 되고 좋을 것 같습니다, 소교주님."

[…….]

그때까지 눈을 감고 무시하고 있던 막수가 엄승도의 그 말에 결국 눈을 부스스 뜨며 엄승도를 바라보았다.

막수의 깊은 시선을 정면으로 마주한 엄승도가 잠시 움찔했다.

그리고 손을 떼어내며 막수를 유심히 살펴보았다.

초류향이 그 모습에 눈을 반짝였다.

'뭔가 눈치챈 건가?'

막수는 언뜻 보기에는 평범한 토끼와 다를 바가 없다.

굳이 다른 점을 꼽자면 배꼽에 달려 있는 풀떼기가 전부다.

그런데도 뭔가를 느낀 것일까?

엄승도는 한동안 말없이 막수를 바라보다가 곧장 헤벌레 웃으며 말했다.

"확실히 잡아먹기는 너무 귀엽군요. 헤헤헤."

초류향을 비롯해서 운휘가 입가에 쓴웃음을 지을 때.

노진녕은 엄승도를 보며 고개를 끄덕거렸다.

'무식하면 용감하다더니.'

지금 엄승도의 행동이 딱 그 짝이 아닌가?

과거 막수와 공손천기의 싸움을 지켜보았던 노진녕이다.

그때의 무시무시했던 막수를 잊지 않았던 노진녕은 최대한 막수와 떨어져 앉으려고 노력했다.

'발작할 건가?'

지금 저 미친 토끼가 여기서 발작한다면 막을 방도가 없었다.

노진녕이 조마조마하게 지켜볼 때.

막수는 기가 막힌 얼굴로 픽 한 번 웃고는 다시 조용히 눈을 감고 몸을 웅크렸다.

엄승도가 막 그런 막수를 다시 만지려고 할 때.

초류향과 운휘, 노진녕이 거의 비슷한 시기에 마차 밖으로 고개를 홱 돌렸다.

'누가 있다.'

누굴까?

기척으로 보아하니 두 명이었다.

그들은 교묘하게도 길 한복판을 막아서고 있었다.

초류향은 운휘와 노진녕을 슬쩍 한 번 바라보고 고개를 끄덕였다.

운휘는 아직 전력이 되기 힘들었지만 노진녕은 충분히 회복을 한 상태였다.

싸움이 벌어진다면 믿을 만한 전력인 것이다.

'북해빙궁인가? 아니면 남만야수문?'

지금 초류향의 움직임은 강호 전체가 주목하고 있었다.

은밀하게 지켜보고 있는 눈들이 많은 것이다.

당연히 북해빙궁과 남만야수문도 초류향의 움직임을 알고 있을 터.

히히힝—!

마차가 멈춰 서자 초류향은 문을 열고 바깥으로 나갔다.

그리고 눈앞에 나타난 상대를 보며 눈을 몇 번 끔뻑거렸다.

그곳에는 전혀 의외의 사람이 있었던 것이다.

"오랜만이네."

초췌한 안색.

흙먼지를 잔뜩 뒤집어쓴 문사 차림의 사내가 누군가를 힘겹게 들쳐 업고는 초류향을 바라보고 있었다.

"주호유 대협?"

주호유.

그가 여기는 무슨 일일까?

초류향이 의아한 얼굴을 할 때.

주호유는 어색하게 웃으며 입을 열었다.

"부탁을 하나 해도 될까?"

"무슨……."

"그게 말이야……."

두두두—

대지를 떨어 울리는 말발굽 소리.

주호유는 어깨를 으쓱하며 말했다.

"봐서 알겠지만 내가 지금 쫓기고 있거든."

초류향은 주호유의 뒤쪽을 바라보다가 어이없다는 얼굴을 해 보였다.

"저들은 금의위 아닙니까?"

"아마 그렇겠지."

"황궁에서 쫓겨나신 겁니까?"

"여기 계신 이분이 암습당했거든."

초류향은 그제야 주호유에게서 시선을 돌려 그가 힘겹게 들쳐 매고 있는 중년인을 바라보았다.

장대한 체구의 중년인.

고개를 떨구고 기설해 있어서 누군지 바로 알아볼 수는 없었지만, 초류향은 그를 살펴보다가 눈을 동그랗게 떴다.

"척계광 대장군?"

"맞아. 지금은 실각당하셨지만 얼마 전까지는 대장군님이었지."

초류향은 얼굴을 찡그렸다.

정확하게 돌아가는 상황은 모르겠지만 이건 보통 일이 아니었다.

두두두—

말발굽 소리가 한층 가까워졌다.

숫자가 엄청났다.

"도와줄 건가?"

초류향은 고민했다.

여기서 주호유를 도와줘야 할까?

지금 상황에서 괜히 황궁을 적으로 돌리고 싶지는 않았다.

'하지만…….'

주호유는 조기천 스승님께서 생전에 유일하게 언급했던 산법학자였다.

그가 곤란한 것을 그냥 두고 보려니 마음이 불편했다.

초류향은 가만히 주호유를 바라보다가 입을 열었다.

"저에게 큰 빚을 지는 겁니다."

주호유는 희미하게 웃었다.

그리고 크게 안도하는 얼굴로 말했다.

"고맙네."

"이리로 오십시오."

주호유가 힘겹게 대장군 척계광을 부축해서 가까이 다가오자 초류향은 척계광을 마차에 눕히고 조용히 정면을 응시했다.

그리고 가까이 다가온 적들의 규모를 파악했다.

'화경의 고수 셋. 절정 고수 오백이라…….'

실로 어마어마한 전력이 아닌가?

초류향이 툴툴 웃을 때.

제일 선두에 있던 자가 말 등에서 도약해 높이 솟구쳐 올랐다.

초류향이 그 모습을 물끄러미 바라보고 있을 때.

하늘을 향해 뛰어올랐던 그가 빠르게 떨어져 내리며 검강으로 초류향의 몸을 쪼개 왔다.

그 어떤 질문도, 예고도 없었다.

'검강…….'

상대방은 화경의 고수였다.

공격해 들어오는 황실의 고수는 힘이 철철 넘쳤고, 그 힘에 대한 자신감이 엿보였다.

'하지만 그뿐이다.'

초류향은 손을 비스듬히 들었다.

그의 손끝에서 뭉클뭉클 핏빛의 강기가 이글거리며 피어올랐다.
떨어져 내리던 자의 눈가에 경악이 떠오른 것은 그때쯤이었다.
'우선 하나.'
초류향의 눈가가 싸늘해졌을 때.
마침내 둘이 부딪쳤다.
콰아아앙—!

第三章

과거의 인연

다그닥다그닥—

질주하는 말들의 가장 선두.

빛나는 금색 장포를 걸친 미남.

그리고 그를 호위하듯 양옆에 붙어 있는 두 명의 젊은 미청년.

금색 장포의 미남이 꽤나 재미있다는 얼굴로 입을 열었다.

"척계광이 이렇게 도망가는 재주도 뛰어난지 내 미처 몰랐구나. 벌써 열흘 가까이나 도망 다니지 않았느냐?"

왼쪽에 있던 선이 얇은 미청년이 송구하다는 얼굴로 대답했다.

"모두가 주호유라는 애송이의 수작질이옵니다. 녀석만 없었다면 진즉에 척계광을 사로잡았을 것이옵니다."

"주호유?"

"예. 왕야를 만나기 전까지 그놈 때문에 고생깨나 했습니다."

왕야라 불리는 자.

그는 바로 최근 화경의 경지에 올라선 건안왕이었다.

건안왕은 미칠 듯이 질주하는 말 위에서 흥미롭다는 얼굴을 해 보였다.

"오호라? 저번에 내 앞에서 어설프게 진법을 사용했던 놈이 그놈인가 보구나."

"예. 만약 왕야를 만나지 못했더라면 눈앞에서 놈들을 놓칠 뻔했사옵니다. 저희가 운이 좋았습니다."

그랬다.

정말로 운이 좋았다.

뜬금없이 산길에서 진법에 갇혀 있을 때.

절망적인 마음뿐이었는데 마침 부근을 유람 중이던 건안왕의 도움으로 겨우 빠져나오지 않았던가?

그때 건안왕과 함께 있던 색목인 노인.

'이마두, 아니, 마테오 리치라 했던가?'

그는 황실의 고수들을 가둬 두었던 어마어마한 크기의 진법을 단숨에 파훼해 버렸다.

그건 황실 금의위를 이끌고 있는 류대오에게는 실로 경악스러운 광경이었다.

주호유라면 당금 세상에서 인정하는 천하제일 진법가가 아닌가?

그가 작심하고 펼쳐 놓은 진법을 단번에 파훼하다니?

존경을 넘어서 경이롭기까지 한 장면이었다.

"그 녀석도 참으로 불쌍하구나. 하필이면 스승님과 마주치다니……."

건안왕이 장난스럽게 웃으며 말하자 류대오는 희미하게 웃으며 맞장구쳐 주었다.

"그렇습니다. 리 태사님과 마주친 건 놈들에게 불행입니다. 게다가 화경의 고수인 왕야와 함께하여 저희는 더욱 든든해졌습니다."

"내가 무슨 도움이나 되겠는가? 그저 구경이나 하는 거지."

류대오는 건안왕을 향해 무한한 존경의 눈빛을 보냈다.

불과 몇 년 전까지만 해도 건안왕은 절정 고수 수준이지 않았던가?

그런데 그 몇 년 사이에 벌써 화경의 경지를 돌파하다니.

'아마 황족으로는 황실 역사상 최초 화경의 고수일 것이다.'

대단한 업적이었다.

물론 다른 황족들은 이런 것에 관심조차 없겠지만.

"거의 다 따라잡은 거 같은데……."

"예. 놈들은 그리 멀리 가지 못했을 겁니다."

말을 계속 바꿔 타며 추적하는 그들과는 달리 척계광과 주호유는 그런 여유가 없었다.

마차로 달리다가 얼마 가지 못해서 말이 지쳐 쓰러진 뒤로는 두 다리로만 달렸던 것이다.

"기대되는구만."

척계광.

그는 정말 대단한 인물이었다.

남쪽으로는 왜구들과 수십 차례 싸워 그들의 발호를 억눌렀던 구국의 영웅이요, 북쪽으로는 몽골의 오랑캐들을 무찌른 위대한 장수가 아니던가?

그가 지금껏 저술한 병법서가 한둘이 아니었고, 그가 조련한 병사들이 행한 업적 또한 셀 수도 없을 정도였다.

'그런 척계광이 반역을 했다?'

맨 처음 이 이야기를 전해 들었을 때 건안왕은 배꼽을 잡고 박장대소하며 웃었다.

말도 안 되는 소리였기 때문이다.

아마 황실에 있는 모두가 알고 있을 것이다.

'아니지. 아마 단 한 명은 모르고 있겠지.'

당금의 황제인 만력제.

간신들의 혓바닥에 녹아난 그를 제외한다면 이번 일을 벌인 모두가 진실을 알고 있다.

'엉망진창이군.'

척계광의 반역.

그것이 거짓임을 알면서도 굳이 건안왕이 끼어들지 않은 것은 그도 지금 황실에 부는 바람이 심상치 않음을 느꼈기 때문이다.

황족이라 하더라도 함부로 몸을 움직이면 참수당하고 말 정도의 거대한 바람.

'좀 더 허리를 굽히는 법을 알아야 했다. 척계광.'

정치라는 것은 그러했다.

충직하고 올곧은 것만이 능사가 아닌 것이다.

가끔은 눈을 감아 주기도 하고 융통성 있게 처세를 하면서 적을 만들지 않는 게 중요한데, 척계광은 그러지 못했다.

그는 너무도 꼿꼿했고, 모든 일을 원칙적으로 처리하였다.

그런 청렴함이 고위 관리들에게는 아니꼽게 보일 수밖에 없었다.

'아쉽군.'

건안왕은 사실 이 추적에 굳이 가담할 필요가 없었다.

저들이 도와 달라고 했지만 무시해도 그만이었던 것이다.

그런데도 이 추적을 못 이기는 척 따라온 것은 척계광에 대한 미안함 때문이었다.

맨 처음 그와 마테오 리치는 정말 아무것도 모르고 주호유가 설치한 진법을 파훼해 주었다.

오랜 외유로 인해서 황실 사정이 어떻게 돌아가고 있는지를 전혀 몰랐기 때문이다.

진법 하나만 철석같이 믿고 있던 주호유로서는 날벼락이 따로 없는 일.

'서로 재수가 없었던 일이지.'

그때 만약 건안왕과 마테오 리치가 나서지 않았더라면 아마도 척계광은 무사히 국외로 도망칠 수 있었을 것이다.

'미안하구만, 척계광.'

그냥 가기엔 여러모로 찝찝했다.

구국의 영웅, 역사에 길이 남을 대장군을 죽이는 일에 가담했다는 불명예는 절대로 얻고 싶지 않았던 건안왕이다.

그는 이 추적에서 표 나지 않게 척계광을 도울 수 있는 방법이 뭔가 없을까 고민 중이었다.

그런 그의 눈에 저 멀리 멈춰 서 있는 마차가 보였다.

'저들인가?'

마차 앞에 누군가가 홀로 나와 서 있었다.

큰 키에 뽀얀 얼굴.

흑발의 긴 머리를 뒤로 가볍게 묶은 앳된 얼굴의 사내.

조각 같은 얼굴에 서늘한 눈빛이 인상적인 미남자였다.

그를 가만히 바라보던 건안왕은 고개를 갸웃거렸다.

'누구지?'

어디선가 본 것 같은 느낌.

뚜렷하게 기억이 나지 않았지만 어딘가 낯이 익었다.

그가 고민하고 있을 때.

왼쪽에 있던 류대오가 입을 열었다.

"첩혈!"

"옙, 장군님!"

금의위의 대장군 류대오.

그가 자신의 오른팔이자 화경의 고수 첩혈을 바라보며 짧게 명했다.

"저놈을 치워라."

"명을 받듭니다!"

첩혈이라 불린 화경의 고수는 명령을 듣자마자 곧장 말 등을 박차고 하늘로 높이 날아올랐다.

그 모습을 보면서 건안왕은 고민했다.

왠지 좋지 않은 느낌이 강하게 들었던 것이다.

'말려야 할 것 같은데?'

저 앞에 혼자 서 있는 놈에게서는 아무런 기세도 위압감도 느껴지지 않았다.

그저 놈은 석상처럼 우두커니 서 있을 뿐이었다.

그런데도 불안했다.

왜 불안한지도 모르는 채 건안왕은 얼굴을 찡그렸다.

그때.

가만히 서 있던 놈의 손에서 붉은빛이 이글거리며 뿜어져 나오자 건안왕은 눈을 부릅떴다.

"수강!"

손에서 강기를 뿜어낼 수 있는 경지.

저놈은 화경의 고수였다.

'하긴 그러니 저렇게 혼자 서 있었겠지.'

건안왕은 첩혈의 검에서 뿜어져 나오는 푸른색 검강과 마차 앞의 수상한 놈에게서 뿜어져 나오는 붉은 강기를 바라보았다.

'뭐지?'

언뜻 보기엔 둘의 힘은 비슷해 보였다.

하지만 둘 사이가 가까워지기 직전.

수상한 놈의 입가에 떠오른 살기 짙은 미소.

그것을 본 건안왕은 자신도 모르게 말고삐를 강하게 잡아챘다.

히히힝—!

건안왕이 타고 있던 백마가 앞발을 높이 들어 올리며 제자리에 멈춰 섰다.

동시에 첩혈과 수상한 놈이 강하게 충돌했다.

콰아아앙—!

건안왕은 말을 멈춰 놓고 옆을 바라보았다.

그의 옆에서 나란히 따라오고 있던 류대오도 어느새 자리에서 우두커니 멈춰 서 전면을 응시하고 있었다.

"두 방이었지?"

"……예, 왕야."

"이제 어떻게 할 건가?"

류대오는 눈을 가늘게 뜬 채 분노로 몸을 부들부들 떨고 있었다.

방금 전.

첩혈과 저 수상한 놈은 강하게 부딪쳤다.

그리고 그 반발력을 사용해 첩혈이 몸을 뒤집어 다시 한 번 일격을 날리려 할 때.

저 수상한 놈이 반 발자국 정도 빨리 움직였다.

'주먹 한 방.'

가볍게 뻗은 주먹질.

헐렁한 듯 아무렇지도 않게 뻗은 손.

하지만 그 가벼운 주먹에는 실로 어마어마한 파괴력이 실려 있었다.

화경의 고수를 단 한 방에 빈사 상태로 만들어 바닥에 꽂아 버린 것이다.

'저런 무공이 존재했나?'

건안왕은 고개를 갸웃거렸다.

보통 거대한 힘을 뿜어내기 위해서는 준비 동작 역시 크거나, 힘을 모으기 위한 잠깐의 시간이 필요하기 마련이었다.

그런데 저놈에게는 그러한 움직임이 전혀 없었다.

너무도 평범했고, 그러면서도 빨랐다.

그런데 말도 안 될 정도로 강력한 힘을 보이지 않는가?

건안왕이 저 무공이 뭔지 고민하고 있을 때.

옆에 있던 류대오가 전신을 부르르 떨며 비명처럼 입을 열었다.

"패력수라권! 네놈은 수라마군이냐!"

"……!"

그 말에 건안왕은 눈을 동그랗게 뜨고 정면을 바라보았다.

그랬다.

저런 말도 안 되는 무공이 천하에 하나 있긴 했다.

'수라환경의 패력수라권이면 말이 되지.'

수라환경.

현재 천하제일 무공이라 불리는 그 절대의 마공.

지난 정마대전에서 천마신교의 교주인 공손천기가 세상에 보여 준 패력수라권은 진정 가공스러웠다.

태극검황 백무량이 공손천기의 단순한 주먹질 한 방에 실신해 버린 사건은 아직도 강호에서 유명하지 않던가?

'수라마군이라…….'

저놈은 분명 공손천기가 아니었다.

그렇다면 공손천기와 함께 유일하게 수라환경을 익히고 있는 자.

'수라마군 초류향.'

건안왕은 자신도 모르게 입술을 혀로 핥았다.

저놈은 천마신교의 후계자가 분명했다.

왜 낯이 익었나 했더니 과거에 만난 그 꼬맹이였던 모양이다.

'많이 컸는데?'

건안왕이 초류향을 새삼스러운 눈으로 살펴보며 과거 놈의 모습을 떠올려 보려고 애쓰고 있을 때.

류대오가 흥분한 얼굴로 입을 열었다.

"수라마군, 네 이놈! 감히 대역죄인 척계광을 비호하다니 네놈이 드디어 미친 게냐? 무림에서 설치더니 황실의 힘까지 우습게 보이더냐!"

"……."

초류향은 대역죄인이라는 말에 일단 침묵을 지켰다.

사태는 생각보다 좋지 않았다.

자칫 잘못하면 일이 더럽게 꼬일 수가 있었던 것이다.

‘이걸 어떻게 해야 할까?’

너무 무턱대고 나선 건가?

초류향이 속으로 여러 가지 가능성을 떠올리며 신중하게 고민하고 있을 때.

마차의 문이 열리고 노진녕이 걸어 나왔다.

“무슨 일입니까, 주군?”

사방으로 뻗치는 위압감.

노진녕은 일부러 기세를 잔뜩 끌어 올린 채 초류향을 향해 다가왔다.

‘이게 무슨…….’

초류향이 의아한 눈을 할 때.

그의 귓가에 전음이 들리고 초류향은 흐릿하게 웃었다.

그리고 초류향은 기세를 풀며 류대오를 바라보고 입을 열었다.

“뭔가 오해가 있었나 봅니다.”

“오해? 무슨 오해?”

류대오는 흥분한 얼굴로 초류향을 바라보았다.

“이 마차에는 척계광이 없습니다.”

“거짓말하지 마라!”

“확인해 보시겠습니까?”

태연하게 말하는 초류향을 바라보며 류대오는 얼굴을 찡그렸다.

저놈이 진법에 일가견이 있다는 사실은 천하가 다 알고 있는 사실이다.

저 안에 무슨 개수작질을 펼쳐 놓았을까?

'하지만…….'

류대오는 비릿하게 웃었다.

이쪽에는 마테오 리치가 있지 않은가?

주호유의 진법을 단숨에 파훼한 사람.

주호유보다도 뛰어난 진법의 달인이 이쪽 편에 있는 것이다.

'너는 오늘 크게 잘못 걸렸다.'

아무리 수라마군이라지만 놈도 마테오 리치의 존재는 몰랐을 것이다.

그러니 진법으로 눈속임을 시도하려고 이런 개수작질을 부리는 것일 터.

류대오는 초류향을 바라보며 입을 열었다.

"만약에 마차 안에 척계광이 있다면 어쩌겠느냐?"

초류향은 류대오를 가만히 바라보았다.

침착하고 서늘한 눈.

그 심연의 어둠처럼 깊은 눈에 류대오는 등골이 오싹하는 한기를 느꼈지만 기운을 끌어 올려 초류향의 눈길에 대항했다.

"만약 마차 안에서 척계광을 찾을 수 있다면 제 목을 드리지요."

"좋다! 너는 지금 나와 약속을 한 것이다. 초류향!"

초류향은 고개를 끄덕였다.

그리고 선선히 몸을 옆으로 비켰다.

류대오는 낮게 이를 갈며 건안왕에게 입을 열었다.

"번거롭겠지만 왕야께서 도와주셔야겠습니다."

건안왕은 희미하게 미소 지었다.

"내가 왜?"

"예?"

"내가 왜 너를 도와야 하는 거냐?"

류대오는 당황했다.

그러나 곧장 간절한 얼굴로 건안왕을 바라보았다.

"수라마군과 척계광, 둘 다 한꺼번에 처리할 절호의 기회입니다, 왕야."

"그게 나랑 관계가 있나?"

시큰둥한 얼굴.

류대오는 새하얗게 질린 얼굴로 건안왕을 바라보았다.

상대방은 황족이다.

그것도 어디로 튈지 모르는 미친놈으로 유명한 황족.

자신의 힘이 전혀 먹히지 않는, 절대적인 존재.

그가 거절한다면 류대오로서는 어떻게 할 수가 없는 것이다.

'이 미친 새끼가 왜 갑자기 또…….'

조금 전까지 적극적으로 협력할 듯하던 그가 갑자기 이렇게 나오자 류대오는 크게 당황했다.

"와, 왕야……."

간절한 음성.

건안왕의 입가에 그려져 있던 미소가 한층 짙어졌다.

"쯧, 사내자식이 고작 이 정도 일로 울상을 짓고 그러느냐. 명색이 금의위의 수장이라는 놈이."

"……."

건안왕은 식은땀을 뻘뻘 흘리고 있는 류대오에게 가까이 다가가 그의 귓가에 대고 작게 속삭였다.

"너는 나에게 빚을 지는 것이다. 이게 무슨 말인지 알겠느냐?"

거래.

이것은 거래였다.

결코 거부할 수 없는 거래.

류대오는 건안왕의 속셈이 뭔지도 모르고 무작정 고개를 끄덕였다.

건안왕이 그 완벽한 복종의 모습을 보며 만족스럽게 웃었다.

그 후 건안왕은 슬쩍 류대오와 거리를 두며 입을 열었다.

"사부를 불러오면 되는 건가?"

"예."

"좋아. 내 이번에 한번 크게 도와주지."

건안왕은 재미있다는 얼굴로 뒤편을 향해 손짓했다.

그러자 황족 특유의 황금색 용이 그려진 깃대가 제일 먼저 보이고, 이어서 그 깃대를 꽂고 있는 엄청난 크기의 금색 마차가 금의위의 고수들을 헤치며 전면에 드러났다.

건안왕은 마차 문을 열며 입을 열었다.

"죄송하지만 사부, 잠시 바깥으로 나와 주시겠습니까?"

"……."

금발에 푸른 눈을 지닌 색목인.

마테오 리치가 미묘한 웃음을 그리며 마차에서 내려섰다.

마테오 리치는 마차에서 내리자마자 건안왕을 바라보며 읍을 해 보였다.

"무슨 일이십니까, 왕야."

"무능한 금의위께서 도움을 요청해서 말입니다. 불쌍해서 거절할 수가 없었습니다, 사부."

류대오는 얼굴이 시뻘겋게 변한 상태로 마테오 리치를 바라보며 읍을 했다.

"번거롭게 해 드려서 죄송합니다, 태사. 제가 미흡하여 준비가 부족했습니다. 이번 한 번만 더 도움을 주시기를 부탁드립니다."

마테오 리치는 고개를 끄덕이고 류대오를 바라보았다.

그리고 정면을 응시하며 말했다.

"제가 무얼 도와드리면 되겠소? 류 장군."

"저와 함께 가셔서 저 역도들의 마차를 수색해 주시면 됩니다."

"그건 별로 어려운 일이 아니오."

"감사합니다, 태사."

류대오는 낮게 이를 갈며 초류향을 지나쳐 앞으로 걸었다.

당장이라도 마차 자체를 갈아 마셔 버릴 듯한 기세였다.

초류향은 그런 그를 스쳐 보내고는 그 뒤를 따라오는 건안왕과 마테오 리치를 보며 가볍게 눈을 마주쳤다.

'모르는 척해 주십시오.'

그 눈길에서 그런 뜻을 읽은 건안왕은 아까부터 터져 나오려는 웃음을 겨우겨우 참으며 사부인 마테오 리치와 함께 마차로 다가갔다.

류대오는 마차의 손잡이를 잡은 다음 벌컥 문을 열고 그 안을 살펴보았다.

역시나 안에는 그가 찾던 인물들이 없었다.

'팔 병신 하나, 수상한 놈 하나, 토끼 하나?'

전신을 붕대로 둘둘 말고 있는 사내와 그 옆에 앉은, 지쳐 보이는 창백한 얼굴의 미남.

엄승도는 갑작스럽게 열린 문에 어색한 얼굴로 류대오를 바라보며 말했다.

"무슨 문제라도 생긴 겁니까?"

"……."

류대오는 엄승도의 질문에 대꾸하지도 않고 그저 사나운 얼굴로 마차 구석구석을 살펴보다가 몸을 빼낼 뿐이었다.

그리고 공손하게 뒤를 바라보며 입을 열었다.

"육안으로는 안 보이는 것을 보니 이 더러운 잡것들이 안에 분명 진법으로 수작질을 해 놓았을 겁니다. 구석구석 살펴봐 주십시오."

"알겠소."

마테오 리치는 안에 있는 엄승도에게 가볍게 읍을 해 보인 후 곧장 마차 안에 들어가 이곳저곳을 살펴보았다.

그리고 바깥으로 나오며 고개를 저었다.

"아무것도 없소, 류 장군."

"그, 그럴 리가요. 절대 그럴 리가 없습니다, 태사. 분명 진법이 펼쳐져 있을 겁니다."

마테오 리치는 당황한 류대오를 바라보며 단호한 어조로 입을 열었다.

"장담하는데 진법의 흔적은 어디에도 없소."

"……!"

류대오가 말문이 막혀 입만 뻐끔거리고 있을 때.

뒤에 있던 초류향이 앞으로 나서며 말했다.

"벌써 다 보셨는지요?"

"……."

류대오는 초류향을 죽일 듯한 시선으로 응시했다.

그런 살벌한 시선을 받으면서도 초류향은 무덤덤한 얼굴로 입을 열었다.

"저희에게 한 무례는 이쯤에서 덮어 드리도록 하겠습니다. 급한 나랏일 때문이신 듯하니 이쪽이 최대한 협조해 드리는 게 도리겠지요. 하지만 이제는 저희도 시급한 일이 있으니 가 봐야겠는데…… 물러가도 되겠습니까?"

초류향의 말에 류대오는 부들부들 떨다가 분한 얼굴로 입을 열었다.

"나는 인정할 수가 없다. 네놈은 분명 척계광을 숨겨 놓았다! 내놓아라!"

초류향은 억지를 부리는 류대오를 바라보며 희미하게 웃어 보였다.

"억지 부리지 마십시오. 제가 척계광을 숨겨서 얻을 게 뭐가 있겠습니까? 오히려 잃을 것만 가득한데 그런 어리석은 짓을 할 리가 없지요. 아니면 장군께서는 제가 그런 바보로 보이십니까?"

"……."

류대오는 이를 부득부득 갈며 초류향을 노려보았다.

"너는…… 이대로 갈 수 없다. 나는 척계광을 숨겼을 게 분명한 용의자를 이대로 보내 줄 수 없다."

초류향은 그때까지 여유롭게 짓고 있던 웃음을 서서히 지우며 입을 열었다.

"이 이상 저를 억류하시려면 장군께서도 많은 것을 거셔야 할 겁니다."

초류향의 말에 류대오는 성큼 한 걸음 내디디며 입을 열었다.

"나는 황실의 장군이다. 감히 네놈이 나를 협박하려 하느냐!"

"……."

초류향은 말없이 류대오를 노려보았다.

동시에 그의 전신에서 뿜어져 나오는 진득하고도 농도 짙은 살기가 그물처럼 류대오의 전신을 옥죄어 왔다.

류대오 역시 기운을 뿜어내어 그것에 저항했다.

화경의 고수들만 뿜어낼 수 있는 무형의 기운.

그것이 이렇게 가까운 거리에서 격렬하게 부딪치는 것이다.

잠시의 시간이 지난 후.

전신을 부들부들 떨던 류대오의 코와 입에서 가느다란 핏줄기가 흘러나왔다.

초류향은 그 모습에 서서히 기운을 줄이며 입을 열었다.

"뭐든 적당히 하시는 게 좋습니다, 류 장군. 제가 힘이 없어서 참고 있다고 생각하신다면 오산입니다."

"……네 이놈!"

초류향은 분노와 패배감으로 얼굴이 일그러진 류대오를 그저 바라만 보았다.

생각 같아서는 정말 죽여 버리고 싶었다.

하지만 그래서는 안 된다.

나중에 말도 안 되는 결과로 되돌아올지도 모르기 때문이다.

초류향이 몸속에서 꿈틀거리는 무언가를 억누르고 있을 때.

옆에서 지켜보고 있던 건안왕이 나섰다.

"자자, 진정해, 류 장군. 생각해 보면 이놈 말도 일리가 있어."

"왕야!"

"갑자기 지나가는데 칼을 휘두르고 없는 사람 내놓으라고 하면 나 같아도 화나겠지."

"하나……."

"그렇지만 황실의 업무를 수행 중인 류 장군의 마음도 이해해. 그러니까 이렇게 하면 어떨까?"

"어떤 복안이라도 있으십니까?"

곁에서 지켜보고 있던 초류향 역시 흥미가 생긴 얼굴로 바라볼 때.

건안왕이 히죽 웃으며 대꾸했다.

"류 장군은 이놈이 지금 이 마차에 어떤 수작질을 부려 놓은 것 같다고 믿고 있는 거잖아?"

류대오는 고개를 끄덕였다.

확실했다.

단지 증거가 없을 뿐.

철석같이 믿고 있던 마테오 리치마저도 잡아내지 못하는 무언가가 있는 모양이었다.

"그러니까 이 마차를 부숴 버리는 게 어때?"

"예?"

"마차를 아예 부숴 버리자고. 그럼 이놈이 이 안에 어떤 수작질을 부려 놓았든 간에 실체가 드러날 거 아냐?"

"아……!"

류대오는 감탄사를 터트렸다.

실로 명쾌한 판단이 아닌가?

지금 상황에서는 가장 확실한 방법이었다.

들뜬 얼굴이 된 류대오는 딱딱하게 굳어 있는 초류향을 보며 득의양양하게 말했다.

"마차 값이 얼마냐? 열 배를 주지."

"곤란합니다. 이런 곳에서 새로운 마차를 구할 수도 없는 노릇이고……."

놈이 망설이자 류대오는 확신했다.

이 마차에는 무언가가 있었다.

그러니 이렇게 버티는 것이다.

“마차만 부술 수 있게 해 준다면 돈도 주고 깔끔하게 이곳에서 물러서겠다. 더 이상 너를 귀찮게 하지 않겠다는 뜻이다.”

“…….”

초류향은 얼굴을 찌푸리며 고민했다.

그 모습에 류대오는 서둘러 품에서 돈이 들어 있는 주머니를 꺼내어 초류향 앞에 던졌다.

툭—!

“돈은 지불했다. 그 돈이면 이런 마차 스무 대는 살 수 있을 거다.”

“…….”

초류향은 약간 고민스러운 얼굴을 하다가 마차 안에 있는 엄승도와 운휘를 바라보았다.

그들 역시 난감한 얼굴로 뒷머리를 긁적였다.

“우리도 너와 더 이상 얽히고 싶지 않다, 수라마군. 너와 우리는 가는 길이 다르다.”

류대오의 말은 진심이었다.

방금 전에 잠깐 겪었던 수라마군의 힘은 소문 이상이었다.

그로서도 감히 어쩌지 못할 만큼 압도적이었던 것이다.

게다가 그런 수라마군 옆에 화경의 고수가 또 있지 않은가?

무식해 보이는 놈이긴 했지만 지닌바 힘은 진짜배기였다.

저놈만 해도 자신과 엇비슷한 정도인데 만약에 수라마군과 힘을 합쳐서 덤벼든다면…….

'최악의 경우 이쪽이 전멸할 수도 있다.'

물론 차후에 황실의 토벌대가 그들의 복수를 하려고 움직이긴 하겠지만 그때는 이미 자신들이 다 죽고 난 이후일 것이다.

그건 아무 의미가 없었다.

크게 손해 보는 장사인 것이다.

"……알겠습니다. 제가 양보하지요."

초류향이 마뜩잖은 얼굴로 허락하자 류대오는 순간 당황했다.

저놈이 생각보다 너무 쉽게 허락했던 것이다.

'척계광이 정말 없나?'

생각보다 너무 쉬웠다.

좀 더 아등바등 저항해야 옳았다.

너무 금방 허락이 떨어지자 류대오는 불안해졌다.

그가 이러지도 못하고 저러지도 못한 채 갈팡질팡하고 있을 때.

초류향은 허공섭물로 바닥에 떨어진 돈주머니를 띄워서 소매에 챙겨 넣으며 마차에 있던 토끼를 조심스럽게 안고 바깥으로 나왔다.

엄승도와 운휘 역시 그 뒤를 쫓아 나오자 초류향이 입을 열었다.

"부수든 가지든 알아서 하십시오."

"……."

류대오는 아랫입술을 깨물었다.

무언가 일이 잘못되어 간다는 게 느껴졌던 것이다.

대체 어디부터였을까?

어디서부터 일이 이렇게 된 걸까?

류대오가 혼란스러운 얼굴을 할 때.

건안왕이 입을 열었다.

"내가 부숴 줄까?"

류대오는 건안왕의 말에 퍼뜩 정신을 차리고 고개를 저었다.

'하마터면 속을 뻔했군.'

수라마군은 이런 식으로 자신이 망설이다가 결국 마차를 부수지 않을 것이라 생각했을지도 모른다.

거기까지 생각하자 류대오는 마음을 굳혔다.

그리고 곧장 허리에 차고 있던 대검을 뽑아 크게 휘둘렀다.

'나 류대오가 네놈의 개수작에 속을 것 같으냐!'

순식간에 검강이 치솟고 그것은 곧장 멈춰 서 있던 마차를 두 쪽으로 갈라 버렸다.

콰콰콰칵—!

마차는 깨끗하게 쪼개졌다.

하나 대검을 쥐고 있는 류대오의 얼굴은 복잡하게 일그러졌다.

'아무것도 없다.'

무언가가 손끝에 걸리는 감각조차 없었다.

만약의 경우 진법이 펼쳐져 있다고 하더라도 그것마저 부수기 위해 검강을 극한까지 뽑아내었다.

그런데도 아무것도 걸리는 것이 없다.

마테오 리치의 말처럼 마차에는 진법이 펼쳐져 있지 않았던 것이다.

"이제 됐습니까?"

"……."

류대오가 멍한 얼굴로 부서진 마차를 바라보고 있을 때.

초류향이 부서진 마차에 매여 있던 말들을 보며 입을 열었다.

"말들은 제가 가져가도 되겠지요?"

"……."

류대오가 입을 열어 대답하지 못하고 그저 복잡 미묘한 얼굴을 하고 있을 때.

건안왕이 입을 열었다.

"아무래도 중간에 방향을 잘못 잡아서 엉뚱한 짓을 벌인 것 같은데…… 서둘러야 하지 않나? 이대로라면 대어를 놓치겠구만."

류대오는 아직도 얼굴에 불신이 가득했지만 결국 한숨을 내쉬며 말했다.

"……왕야의 말이 옳습니다."

마차에 어떤 개수작질을 했든 안 했든, 그것은 더 이상 중요하지 않았다.

밝혀내지 못했으니 자신은 진 것이다.

이제는 그 사실을 인정해야만 할 때였다.

건안왕이 패배감이 가득한 류대오의 얼굴을 보며 그의 어깨를 가볍게 쳤다.

"내 말은 언제나 항상 옳았지."

"……예, 왕야."

"그럼 계속 가 볼까?"

"예. 감사합니다."

류대오는 건안왕을 향해 읍을 해 보인 후 한숨을 쉬며 걸어갔다.

그리고 자신의 말에 올라타 초류향을 내려다보며 입을 열었다.

"오늘은 내가 자네에게 큰 실수를 했군. 미안하게 생각한다."

초류향은 자신을 향해 사과하는 류대오를 물끄러미 바라보다 읍을 하며 말했다.

"저 역시 무례하게 굴었음을 사과드립니다."

"아니다, 그대의 입장에서는 충분히 그럴 수 있었지. 이해한다."

류대오의 말을 들은 초류향은 가볍게 고개를 끄덕이며 말했다.

"그럼 살펴 가십시오."

"알겠다."

류대오가 말을 이끌고 사라지자 건안왕은 초류향을 바라보며 지나가듯이 작게 입을 열었다.

"역시 똑똑한데?"

초류향은 건안왕의 말에 희미하게 웃으며 마찬가지로 작게 중얼거렸다.

"……이번 것은 제 생각이 아닙니다."

"그러냐? 뭐 어찌 되었건 이번에 내가 도와준 거 잊지 마라."

초류향은 고개를 끄덕였다.

정확하게는 마테오 리치가 도와준 것이지만 앞뒤 정황을 잘 살펴보면 그것도 건안왕이 입을 다물고 있었기에 가능한 일이었다.

마테오 리치는 초류향을 바라보다 가볍게 읍을 하며 말했다.

“그때 나누어 주었던 소중한 가르침, 잊지 않고 있소.”

초류향 역시 마테오 리치를 바라보고 공손하게 읍을 하며 말했다.

“저 역시 마찬가지입니다, 리 선생님.”

“지금은 상황이 여의치 않아 많은 이야기를 나누지 못하는 게 아쉬울 뿐이오.”

“저 역시 아쉽습니다.”

초류향이 정말 아쉬운 얼굴을 해 보일 때.

엄승도가 슬쩍 다가와 말했다.

“저, 소교주님. 슬슬 시간이…….”

“음.”

마테오 리치와 초류향이 알겠다는 얼굴로 고개를 끄덕였다.

그리고 마테오 리치가 서둘러 마차에 오르고 건안왕과 함께 시야에서 빠르게 사라지자, 초류향은 우두커니 그곳에서 서 있다가 조용히 목 근육을 풀어내며 입을 열었다.

“아슬아슬했습니다.”

“예.”

“그런데 매번 이런 식이면 제 목이 남아나질 않겠군요.”

금의위 위사들이 저 멀리 돌아서 사라지는 모습을 초류향이 가만히 바라보고 있을 때.

그들의 뒤편, 부서진 마차 뒤쪽에서 몸을 웅크리고 있는 주호유와 임학겸, 척계광이 갑자기 드러났다.

진법이 풀린 것이다.

"살아나신 것을 축하드립니다."

초류향이 주호유를 바라보며 흐릿하게 웃자 주호유 역시 한시름 놓았다는 얼굴로 마주 웃어 주었다.

第四章

준비

마차에는 애초부터 진법 같은 것은 없었다.

주호유는 마차 뒤쪽에 진법을 펼쳐 두고 숨어 있었던 것이다.

초류향은 그것을 알았기에 마치 마차에 진법이 있는 것처럼 행동해 상대방을 그렇게 믿게 했을 뿐이다.

"연기력이 훌륭하더군."

주호유의 말에 초류향은 슬쩍 웃으며 입을 열었다.

"리 선생님과 건안왕께서는 이미 눈치챈 것 같았습니다. 그래도 그분들께서 눈감아 주셔서 좋게 넘어갔군요."

초류향은 그때까지도 정신을 차리지 못하고 있는 척계광을 바라보다 의아한 얼굴로 입을 열었다.

"그러고 보니 대체 어쩌다가 이렇게 부상당하신 겁니까?"

사실 초류향도 척계광의 무력 수준은 정확히 모른다.

하지만 정관법으로 보았을 때 척계광이 보여 주는 수치가 정말 어마어마했다.

그랬기에 대략 짐작은 할 수 있었다.

'팔십팔…….'

척계광의 수치는 주호유와 같았다.

주호유가 산법에 매진한 학자라면 이 척계광이라는 자는 무술을 갈고닦은 무인.

그렇다면 척계광의 무력 수준은 아마도 삼황급일 것이다.

그런 극강의 고수가 부상을 당했다?

암습으로도 불가능할 것이고, 어지간한 독도 통하지 않을 텐데?

오로지 정면 승부로만 부상을 입힐 수 있을 텐데…… 황실에 척계광과 비슷한 수준의 고수가 있었던 건가?

여기가 가장 이해되지 않는 부분이었다.

"자해하신 것이네. 그래야만 했거든."

주호유가 씁쓸한 얼굴로 말하자 초류향은 눈을 끔뻑거렸다.

자해라니?

"황제께서 친히 명하셨거든. 척계광 대장군께서는 그 명령을 거부하지 못하셨지."

주호유는 자신들이 겪었던 일을 차분하게 말해 주었다.

*　　*　　*

척계광은 야밤에 갑자기 자신을 찾아온 황제 앞에서 바닥에 머리를 조아리고 있었다.

심상치 않은 분위기.

흔들리는 불빛 아래, 척계광의 얼굴에는 짙은 그림자가 드리웠다.

그의 맞은편 의자에는 지독히도 나른하면서 욕심이 가득한 이중적인 표정을 한 중년인이 앉아 있었다.

그가 바로 만력제.

후일 명나라를 몰락의 길로 이끌었다고 평가받는 이었다.

하나 후세의 평가가 어떠하든 지금의 그는 황제이자 천하에서 가장 존귀한 몸이었다.

"척계광."

"예. 폐하."

황제는 그의 이름을 한 번 불렀으나, 그 뒤로 한동안 말이 없었다.

척계광은 호위도 이끌지 않고 홀로 자신을 찾아온 황제에게서 근원을 알 수 없는 불길함을 읽었다.

심장을 조여 오는 그 섬뜩한 느낌에 척계광의 입이 바짝바짝 말라 갈 때.

만력제가 다시금 입을 열었다.

"장거정이 죽었다."

"……예, 폐하."

척계광은 만력제의 나른한 말에 더더욱 긴장했다.

내각대학사 장거정.

명나라 역사상 손꼽히는 명재상인 그가 죽었다.

그가 죽자 황실은 급격하게 변하기 시작했다.

'간신들이 활개 치고, 황제의 말은 힘을 잃었다.'

그런 혼란의 와중에 척계광이 할 수 있는 일은 많지 않았다.

정치는 그의 분야가 아니었기 때문이다.

그저 묵묵히 자신의 일을 할 뿐이다.

하나 장거정이 죽은 이후로 차츰 힘과 의욕을 잃어 가던 황제는 마침내 정사를 내팽개치기 시작했고, 오로지 황실 깊숙한 곳에 틀어박혀 돈을 모으는 것에만 열중하기 시작했다.

그렇게 밖에 나가는 것을 싫어하던 황제가 갑자기 야밤에 대장군을 찾아왔다?

지금 척계광의 머릿속에는 오만 가지 상념들이 가득했다.

만력제는 비스듬히 턱을 괴고 앉아 척계광을 내려다보다 입을 열었다.

"너는 나를 믿느냐?"

"물론입니다, 폐하."

"그러하냐?"

"예, 폐하."

만력제는 무심한 듯, 혹은 귀찮다는 듯 척계광을 바라보다 입을 열었다.

"그럼 내 앞에서 죽어라."

"……!"

"죽어서 너의 믿음을 증명해 보아라."

이 순간 척계광은 올 것이 왔음을 느꼈다.

아까부터 느껴지던 불안감의 정체는 바로 이것이었던 것이다.

척계광은 고개를 들어 황제의 얼굴을 보았다.

황제는 지쳐 있었고 이 세상 모든 것에 관심을 잃은 표정이었다.

즉위 초기의 열정과 열기가 가득했던 그의 눈빛은 이미 오래전에 빛이 바래, 지금 이 자리에는 그저 무료함과 심심함에 지쳐서 그를 믿어 주는 주변인들에게 상처 주기를 즐기는 중년인이 한 명 있을 뿐이었다.

"폐하께서 원하신다면 그리하겠습니다."

"……시행하라."

척계광은 담담히 자리에서 일어났다.

그리고 천천히 두 손에 기운을 모으고 그의 주군을 처연한 눈길로 바라보았다.

"부디 보중하시기를 바라겠습니다, 폐하."

척계광은 자신의 목숨보다 남아서 고초를 겪을 그의 주군을 걱정했다.

자신은 미력하고 어리석어 그의 주군이 이 지경이 될 때까지 정치적으로 아무런 힘이 되어 주지 못했다.

그게 지금 이 순간 가장 한스러운 척계광이었다.

양손에 모인 파천의 힘이 척계광의 복부에 파고들기 직전.

황제가 입을 열었다.

"급할 필요는 없겠지. 되도록, 천천히 느릿하게 죽어라."

"……알겠습니다."

척계광을 바라보는 황제의 눈에는 걱정이나 염려가 아닌 어떤 종류의 '흥미' 가 떠올라 있었다.

충신의 죽음 앞에서도 그는 오로지 개인적인 즐거움만을 생각하고 있던 것이다.

척계광은 그 사실을 알았지만 거부하지 않았다.

황제를 위하는 일이라면 스스로의 목숨 정도는 전혀 아깝지 않았다.

그것이 그가 생각하는 충(忠)이었다.

피융—!

양쪽 팔에 붉은 혈선이 그어지고 근육이 끊어져 나갔다.

천하를 호령하며 오랑캐들을 벌벌 떨게 한 그의 단단한 두 팔이 힘없이 축 늘어졌다.

황제의 눈가에 즐거움이 떠올랐다.

척계광은 자리에서 일어나 기운을 모았다.

그러자 멀리에 떨어져 있던 척계광의 검이 홀연히 날아와 그의 양쪽 다리 근육을 베고 지나갔다.

천하가 좁은 듯 종횡하던 그의 두 다리에서 힘이 풀렸다.

바닥에 쓰러져 있는 척계광을 보는 황제의 눈에 서서히 오만함이 떠올랐다.

“척계광.”

“예, 폐하.”

대답을 하는 척계광의 음성에서는 예전 같은 힘이 느껴지지 않았다.

엄청난 상실감과 함께 허탈감이 가득했다.

“내가 너에게 이러는 게 부당하다 생각하느냐?”

“……아닙니다, 폐하.”

“웃기지 마라, 속으로는 너도 나를 원망하고 있지 않느냐!”

그렇지 않았다.

단지 안타까울 뿐이다.

이제 자신마저 사라지게 되면 앞으로 황제가 겪을 고초는 불 보듯 뻔했으니까.

척계광은 허리에 힘을 줘 몸을 강제로 일으켜 세우며 고개를 저었다.

“아닙니다. 결코 그렇지 않습니다, 폐하.”

황제는 지금 분노하고 있었다.

그 분노의 정체가 상실감과 무력감이라는 사실을 깨닫자 척계광은 그 앞에서 고개를 들 수 없었다.

“너도 똑같다. 너도 다른 놈들이랑 다를 바가 없어.”

“폐하…….”

“구국의 영웅이라 불리는 네가 어째서 나를 한 번도 찾지 않았느냐? 뒷방으로 밀려난 내가 그리도 한심해 보였더냐?”

"……."

척계광은 아무 말도 할 수 없었다.

그 역시 몇 번이고 황제를 만나려고 했지만 그럴 수가 없었다.

황제가 누구도 만나기를 원하지 않았던 것이다.

척계광은 그 말을 곧이곧대로 믿었다.

그랬기에 찾지 않았다.

황제는 바닥에 떨어진 척계광의 애검을 주워 들곤 그것을 가볍게 휘둘러 보며 말했다.

"무겁구나. 너는 이것을 종잇장처럼 휘두르며 전장을 휩쓸었겠지? 참으로 대단한 무장이 아닌가? 나를 위해, 조국을 위해 전력을 다하는 멋진 모습."

덩그렁—

황제는 속에서 무언가 끓어오르는 것을 억누르며 척계광의 애검을 바닥에 던져 버린 후 말했다.

"그러니 척계광, 너는 멋진 모습으로 죽어라."

척계광은 침중한 얼굴로 기운을 모았다.

이제 마무리를 할 시간이었다.

두 팔과 두 다리에서 느껴지는 고통은 아무것도 아니었다.

마음에서 느껴지는 통증에 숨이 막혀 올 정도였으니까.

'끝까지 지켜 드리지 못했습니다.'

장거정이 죽기 전 마지막으로 그에게 한 부탁은 황제를 끝까지 지켜 달라는 것이었다.

하나 아무래도 그 약속을 지키지 못할 것 같았다.

푸욱—!

단전에 검이 박히고 평생을 쌓아 두었던 내력이 폭포수처럼 흩어져 나갔다.

척계광이 뒤로 힘없이 넘어지는 모습을 바라보며 황제가 중얼거렸다.

"척계광, 너는 너무 큰 힘을 가졌다. 그것이 너를 죽음으로 몬 것이다. 하나 오늘 보였던 너의 충심은 기억하겠다. 더 이상은 내가 개입하지 않겠으니 알아서 살아남아라."

황제가 밖으로 사라지고 얼마 지나지 않아서 주호유가 들어왔다.

그리고 그는 바닥에서 서서히 죽어 가고 있는 척계광을 들쳐 매고 곧장 바깥으로 뛰었다.

주호유는 이대로 척계광을 죽게 내버려 둘 생각이 전혀 없었던 것이다.

이 모든 이야기를 초류향에게 털어놓으며 주호유가 입을 열었다.

"나는 이제 이분과 함께 가겠네."

"어디로 가실 생각이십니까?"

"글쎄. 이분의 상처를 치료할 만한 사람이 있는 곳으로 가야겠지?"

초류향은 잠시 생각했다.

어떻게 해야 할지 선뜻 감이 오지 않았기 때문이다.

그러다 결국 입을 열었다.

"저와 함께 본 교에 같이 가시겠습니까?"

"천마신교에 말인가?"

"예. 그곳에 가면 뛰어난 의술을 지닌 분이 계십니다."

주호유의 눈가가 반짝였다.

"괜찮겠는가? 나야 좋은 일이지."

"그럼 함께 가시지요."

지금 주호유를 데려간다면 차후에 부담스러운 일이 생길지도 모르겠지만 별로 신경 쓰지 않기로 했다.

그것은 어디까지나 나중의 일.

어떻게 될지 알 수 없는 일이 아닌가.

초류향은 그렇게 주호유와 합류해서 천마신교로 가기로 결정했다.

*　　*　　*

"어디 있지?"

"누구 말인가?"

"독비."

"……벌써 써먹으려고?"

"그래."

검버섯이 가득한 노인.

그는 천자후를 바라보며 음충맞게 웃었다.

"한 번밖에 못 써먹을걸. 불안정한 녀석이라서."

"상관없어. 이번 한 번이면 충분하니까."

노인은 천자후의 말에 고개를 끄덕였다.

“히히힛, 하긴 한 번이면 충분하겠지. 그놈만 죽이면 될 테니까. 초류향이라고 했던가?”

천자후의 눈빛이 사납게 변했다.

“쓸데없는 소리 하지 마, 영감. 독비를 만들어 준 건 고맙지만 함부로 입을 놀리면 죽일 수밖에 없으니까.”

노인은 천자후의 협박에 일그러진 미소를 그리며 고개를 끄덕였다.

그리고 석굴 앞을 막고 있던 돌문의 어딘가를 가볍게 꾹 눌렀다.

그그긍—

내부에 어떤 기관들이 만들어져 있는지는 알 수 없었지만, 석굴의 문이 열리니 그 안에서 차가운 냉기가 바깥으로 흘러나왔다.

“안내해.”

“천천히 따라오라고, 도련님. 재수 없으면 독비에게 걸려서 황천 갈 수가 있으니까.”

“흥.”

노인이 안으로 들어가자 천자후는 그 뒤를 성큼성큼 따라갔다.

동굴은 길었고, 내부는 온통 냉기로 가득했다.

절정 고수인 천자후조차도 으슬으슬 떨릴 정도의 냉기.

하나 이것은 안전을 위한 어쩔 수 없는 조치였다.

“그런데 신기하지 않아, 도련님?”

“뭐가?”

“독에 미친 사천당가도 아니고, 저 대단한 선우세가도 아닌 내가 독비를 만들어 냈다는 게 말이야."

천자후는 피식 웃었다.

"운이 좋았지. 게다가 어설픈 반쪽짜리이기도 하고."

노인은 천자후의 비웃음에 그 특유의 음충맞은 웃음을 흘리며 고개를 끄덕였다.

"맞아. 운이 좋았지. 반쪽짜리라는 말도 맞는 말이야. 하지만 저것만 있으면 공손천기 같은 괴물이 아닌 이상 도련님께서 원하는 놈 정도는 단숨에 죽일 수 있을 거야."

천자후는 고개를 끄덕였다.

"두 번 써먹을 수 없다는 게 아쉽군."

"히히힛, 그건 욕심이지."

한참을 내려가서 석실의 거의 끝에 다다르자 그곳에는 하나의 두꺼운 관이 놓여 있었다.

관은 푸른빛이 감도는 거대한 바위에 올려져 있었는데, 이 바위는 한빙석(寒氷石, 냉기를 품은 돌)이라는 엄청나게 비싼 원석이었다.

석굴 전체에 가득한 엄청난 냉기는 모두 이 돌멩이에서 뿜어져 나오고 있었다.

"한빙석을 이만큼이나 투자해야 겨우 재울 수 있다니…… 참으로 비싼 계집이로군."

천자후가 투덜거리자 노인이 음흉하게 웃었다.

"그렇지. 하지만 그만큼 값어치를 해, 도련님. 알잖아?"

천자후는 고개를 끄덕였다.

독비를 처음 만들었던 것은 불과 반년 전이었다.

우연에 우연, 거기에 엄청난 행운까지 더해져서 만들어진 괴물.

하지만 이 괴물이 맨 처음 보여 준 어마어마한 힘은 진정 경악스러웠다.

'주변 전체가 녹아 버렸었지.'

용암을 뿌린 듯.

계집이 바라보는 모든 곳이 서서히 녹아내리기 시작했다.

마치 얼음이 햇살에 녹듯이 천천히 녹아 버리는 것이다.

돌이든, 바위든, 그게 무엇이든 상관없었다.

사람도 마치 물처럼 흐물흐물 녹아 버리지 않았던가?

"무형지독……."

천자후는 웃었다.

그래, 이것이면 충분했다.

제아무리 초류향이 공손천기의 제자라 하더라도 이번에는 죽음의 손에서 벗어날 수 없을 것이다.

하지만 단 하나 걸리는 것이 있었다.

그래서 천자후는 고개를 돌려 노인을 바라보며 물었다.

"이 계집, 만에 하나라도 기억이 돌아올 가능성이 있나?"

영감이 기분 나쁜 웃음을 입가에 그리며 히죽 웃었다.

"지금 장난쳐, 도련님? 뇌가 이미 독물에 절어 있는 계집이 그럴 가능성이 있겠어? 이 계집은 지금 몸뚱이 전체가 독덩어리야. 기억은 커녕 말도 못 하잖아?"

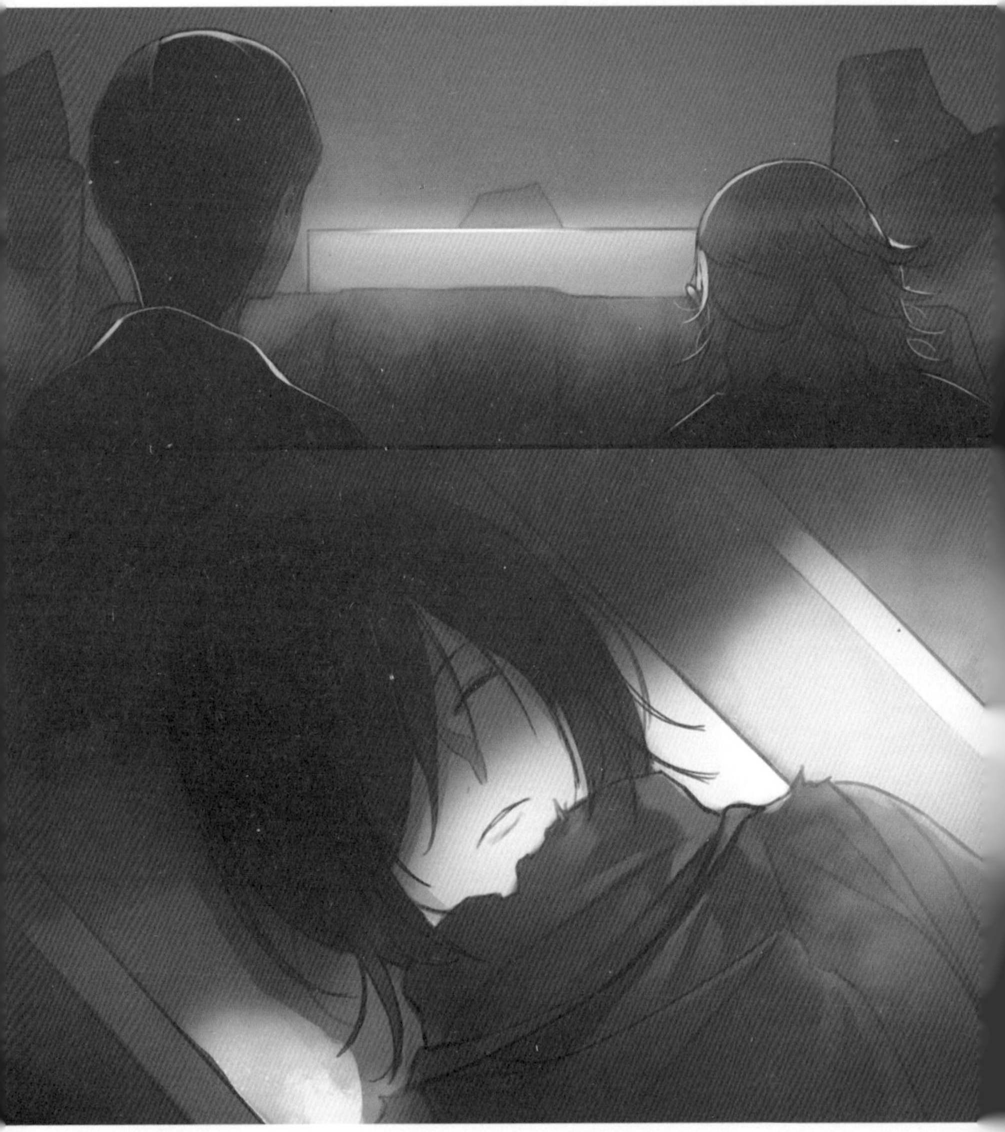

"……그러니 가능성은 없겠지?"

"전혀 없어. 그러니 걱정하지 마, 도련님."

혹시나 기억이 돌아오면 곤란했다.

그렇다면 초류향을 알아볼 가능성이 있는 것이다.

'본래 이름이 화령이었다고 했던가?'

관 속에 누워 있는 독비라 불리는 여인.

그녀의 본래 이름은 화령이었다.

第五章

소용돌이

—반드시 무사하셔야 합니다, 주인님.

초류향은 마차를 타고 가다가 들린 음성에 자신도 모르게 눈을 뜨고 주변을 살펴보았다.

'화령…….'

왜 갑자기 그녀의 기억이 떠오른 걸까?

마음이 좋지 않았다.

초류향은 찡그린 안색으로 고개를 돌리다가 맞은편에 앉은 운휘와 눈이 마주쳤다.

"무슨 걱정거리라도 있으십니까? 주군."

"아무것도 아닙니다."

초류향은 희미하게 웃으며 운휘를 안심시켰다.

화령에 대한 이야기는 가급적 꺼내지 않는 것이 좋았다.

운휘 역시 신경을 쓰고 있을 테니까.

초류향은 가만히 마차 창 밖을 바라보며 다시금 화령에 대한 생각을 정리했다.

'마지막으로 남아 있는 기억에 따르면 화령은 분명히 피투성이 상태였다.'

어쩌다가 그렇게 된 것일까?

말도 제대로 못 하는 자신을 데리고 그녀가 얼마나 고초가 심했을지 어렴풋이 짐작이 되었다.

그랬기에 그 죽음을 헛되이 할 생각은 없었다.

초류향이 무심한 얼굴로 복잡한 머릿속을 정리하고 있을 때.

마차 안에서 척계광이 눈을 떴다.

무려 보름 만이었다.

"깨어나셨습니까?"

"……."

척계광은 얼떨떨한 눈으로 주호유를 바라보았다.

주호유는 멍한 상태의 척계광을 물끄러미 응시하다가 흐릿하게 웃으며 말했다.

"저승은 어떠셨습니까?"

"……내가 지금 살아 있는 건가?"

"예. 제가 구했지요."

척계광은 몇 번 눈을 끔뻑거리다가 곧 탁하게 풀린 음성으로 말했다.

"쓸데없는 짓을 했구먼."

"제가 원래 쓸데없는 일을 잘하는 편입니다."

척계광은 주호유의 넉살 좋은 대답에 대꾸하지 않으며 주변을 슬쩍 둘러본 후 입을 열었다.

"누군가? 이들은."

"아, 이쪽의 청년은 초류향입니다. 천마신교의 사람이지요."

"천마신교? 초류향?"

척계광은 의외라는 얼굴로 마차 맞은편에 앉아 있는 청년을 바라보았다.

처음에는 별생각 없이 바라보던 그의 얼굴에 차츰 재미있다는 감정이 떠올랐다.

"그쪽이 수라마군인가?"

"예."

"……듣던 것보다 더하구만."

무공을 잃었어도 본래 가지고 있던 감각은 과거의 그것과 조금도 다르지 않은 척계광이다.

그의 눈으로 살펴본 초류향의 무력은 자신과 필적했다.

초류향 역시 그 사실을 알았기에 희미하게 웃으며 고개를 끄덕였다.

"감사합니다."

"공손천기는…… 괴물이구만."

본인 스스로의 노력으로 무위를 끌어 올리는 것은 생각보다 어렵지 않다.

스스로의 노력이나 천재성이 있으면 되니까.

한데 후계자까지 이 정도의 경지로 끌어 올리는 것은 정말로 어려운 일이 아닌가?

그런 면에서 보자면 공손천기는 정말 대단한 자였다.

"뒤를 쫓는 자는 누구인가?"

힘을 잃기 전이었다면 감히 추적자를 붙일 엄두조차 내지 못했겠지만, 지금은 자신의 목을 탐낼 사람들이 너무나도 많았다.

그걸 알고 있던 척계광이 묻자 주호유가 대답했다.

"류대오입니다."

척계광은 그 이름을 듣고 고개를 끄덕였다.

아는 자였던 것이다.

"금의위라……."

"태 공공께서는 이번 일에 낄 수 없다고 이해해 달라고 말을 전해 왔습니다. 대신 중립을 지켜 주겠다고 했습니다."

척계광은 고개를 끄덕였다.

태 공공.

그는 환관들의 무력 집단인 보화전(寶華殿)의 이대 수장 중 하나였다.

그가 이번 일에 개입하게 된다면 자칫 사태가 걷잡을 수 없을 정도로 커질 우려가 있었다.

태 공공이 어느 쪽에도 서지 않고 침묵을 지켜 준다는 것만으로도 지금의 척계광에게는 상당한 도움이 되는 일이다.

“천마신교에 의술이 뛰어난 자가 있다고 합니다.”

주호유는 척계광을 바라보다 뒷머리를 긁적였다.

“그곳에 가서 잠시 몸을 의탁해 볼까 합니다.”

척계광은 주호유에게서 눈을 돌려 초류향을 바라보았다.

초류향 역시 그 시선을 피하지 않았다.

지금 이 순간, 척계광이 자신에게 무엇을 물을지 예상을 했기 때문이다.

“이유가 무엇인가? 그대가 굳이 나를 데려가 위험부담을 질 필요가 없지 않은가?”

“얻을 것이 있기 때문입니다.”

“얻을 것이 있다? 그럼 잘못 판단했네. 나는 이미 가진 것을 다 잃었네. 재산을 비롯하여 직위는 물론이고, 심지어 지금은 몸뚱이조차도 제대로 가누기 어렵지.”

팔다리 근육은 스스로 다 잘라 내었다.

본인이 잘랐으니 그 누구보다도 상태를 잘 알았다.

이건 회복될 수 없었다.

인간의 근육이라는 것은 의외로 굉장히 섬세해서 한번 뒤틀리고 어긋나면 아무리 잘 치료해 봤자 본래대로 그 기능을 하지 못하는 게 보통이다.

치료를 받더라도 기껏해야 평범한 사람처럼 거동을 하는 게 고작일 터.

'게다가…….'

가장 중요한 문제는 팔다리 근육이 아니었다.

단전.

무인에게 있어 생명만큼 중요한 단전이 완전히 파괴되지 않았는가?

내력을 보관하는 단전은 한 번 파괴된 이상 앞으로 평생 회복되지 않을 것이고, 회복되지 않는다면 자신은 그저 평범한 사람과 다름이 없다.

"일단 척계광 장군님을 저희 편으로 만드는 것만으로도 굉장한 수확입니다만, 저는 그것보다 다른 쪽에 기대를 걸고 있습니다."

"다른 쪽?"

"예."

초류향은 척계광 옆에 있던 주호유를 바라보며 입을 열었다.

"이분은 가급적이면 적으로 만나고 싶지 않은 분이거든요. 그래서 제가 데리고 있으려고 합니다. 그러기 위해서는 척계광 대장군님의 신변을 제가 책임질 필요가 있었습니다."

"허어?"

주호유가 순간 당황스러운 얼굴을 해 보였다.

이건 너무 솔직했다.

자신 때문에 초류향이 척계광까지 받아들였으리라는 점은 주호유도 짐작했지만 일부러 아무런 언급을 하지 않고 있었다. 자존심 강한 척계광이 이것을 받아들일 수 있을까?

걱정이 되었다.

한데 의외로 척계광은 피식 웃으며 초류향을 바라보았다.

"적이 되어 만나면 죽여야 할 것 같아서 데리고 있겠다, 이 말인가? 천하제일 진법가를?"

"예. 조금 부담스럽거든요."

"부담스럽다라…… 그건 좋은 일이군."

척계광은 선선히 고개를 끄덕였다.

수라마군의 명성은 척계광도 들어서 알고 있었다.

그리고 명성보다 실제 실력이 더 높다는 것도 직접 봐서 알게 되었다.

그런 자가 인정한 것이다.

주호유는 부담스럽다고.

척계광은 주호유를 바라보며 미소 지었다.

"말년에 자네 덕을 좀 보게 되겠구만."

"예? 예. 여태껏 대장군께서 저를 보살펴 주셨으니 이번에는 제 신세 한번 크게 져 보십시오."

"허허, 알겠네."

주호유는 척계광의 반응이 생각보다 나쁘지 않자 오히려 의아한 마음이 들었다.

하나 주호유와는 다르게 초류향은 지금 척계광의 심정을 대략 짐작

할 수 있었다.

그는 지금 모든 것을 내려놓아 극도로 편안한 상태였다.

그래서 초류향도 돌려 말하지 않고 정곡을 찌른 것이다.

그때 척계광이 입을 열었다.

"수라마군, 그대는 주 학사 때문에 나를 도와준 것이겠지만 차후에 분명 이 빚을 갚을 일이 생길 걸세."

형형한 눈빛.

단전이 파괴되고 사지 근맥이 절단되었어도, 그의 호랑이를 닮은 눈빛만큼은 여전했다.

그랬기에 초류향은 기분 좋게 미소 지으며 대답할 수 있었다.

"기대하겠습니다."

"기대해도 좋을 게야."

척계광은 그제야 편안한 얼굴로 눈을 감았다.

사실 황제가 찾아왔을 때부터 반쯤 포기한 목숨이 아니던가?

한데 지금 와서 생각해 보면 이상하게도 그때부터 오히려 더 마음이 편안해졌다.

그를 얽매고 있던 모든 것에서부터 완벽히 자유로워졌으니까.

척계광은 이제야 비로소 진정한 자유를 얻은 것이다.

그런 홀가분한 마음이 얼굴에 드러난 모양이었다.

주호유가 빙그레 웃으며 말했다.

"장군, 여태까지 제가 보았던 얼굴 중에 지금이 가장 좋아 보입니다."

"……그런가?"

"예."

"그럴지도 모르겠군."

편안했다.

그동안 제법 스스로를 혹사시키고 있던 모양이었다.

척계광이 그렇게 마음을 정리하고 있을 때.

마차가 정지했다.

"도착했습니다."

초류향은 고개를 끄덕였다.

드디어 천마신교에 도착한 것이다.

한 가지 의아한 것은 여기까지 오는 동안 한 번쯤은 등장할 줄 알았던 북해빙궁과 남만야수문의 움직임이었다.

그들은 의외로 초류향의 앞에 모습을 드러내지 않았다.

'다른 것을 노리고 있나?'

자신과 원한이 있는 그들이라면 반드시 나타날 줄 알았다.

기다리고 있었는데 등장하지 않으니 오히려 당황스러운 마음이었다.

잠시 그런 것에 신경을 쓰고 있던 초류향이 고개를 가볍게 저은 후 마차 문을 열며 입을 열었다.

"천마신교에 오신 것을 환영합니다."

마차 문을 열자 수없이 많은 무인들이 도열한 뒤로 천마신교의 거대한 붉은 대문이 보였다.

정말로 도착한 것이다.

천마신교에.

탁—

마차에서 내려서는 초류향의 발걸음에 서서히 강한 힘이 실리기 시작했다.

*　　*　　*

"그 건방진 꼬맹이를 놓친 것은 아쉽지만……."

북해빙궁의 적혈명은 눈앞에 보이는 거대한 산을 올라가며 흐뭇하게 웃었다.

"형산파를 접수하면 크게 손해나는 장사는 아니지."

북해빙궁과 남만야수문.

황실이 더 이상 움직이지 않을 것임을 확인하자마자 그들이 제일 먼저 한 행동은 바로 정도맹의 거점들을 빼앗는 것이었다.

"그럼 가 볼까?"

"존명."

얼마 전 노진녕에 의해 반파 직전까지 갔던 형산파였다.

전력이 다 있어도 어림없을 텐데 이미 반쯤 부서져 있던 그들은 갑작스럽게 들이닥친 북해빙궁의 고수들을 막을 여력이 없었다.

게다가 가장 전면에는 적혈명이 있지 않은가?

그 앞에서 형산파의 고수들은 그저 추풍낙엽처럼 쓰러져 나갈 뿐이었다.

형산파를 순식간에 파괴한 후 북해빙궁은 그 자리에 자신들의 거점을 세웠다.

이곳을 거점으로 본격적인 중원 진출에 나선 것이다.

그리고 이때 움직인 것은 북해빙궁뿐만이 아니었다.

*　　　*　　　*

쾅—!

유설빈은 얼굴을 일그러뜨렸다.

"감히……."

북해빙궁이 움직였다.

거기까지는 좋았다.

그들은 분명 초류향을 치러 간다고 통보하지 않았던가?

그래서 그들의 움직임을 딱히 막지 않았다.

한데 한참을 미적미적하더니 갑자기 방향을 틀어 정도맹의 심장부에 가까운 호남성.

그곳에 있는 형산파를 집어삼킬 줄이야.

이건 뼈아픈 실책이었다.

유설빈이 이를 부득부득 갈고 있을 때.

그의 뒤에서 태극검황 백무량이 등장했다.

그리고 씩씩거리고 있는 자신의 어린 사제를 바라보며 말했다.

"형산파가 당했다고 했나, 사제?"

"예, 사형. 북해빙궁, 그 교활한 놈들이 잔꾀를 부렸습니다."

이렇다 할 반항도 하지 못했을 것이다.

형산파는 말 그대로 순식간에 무너졌다.

"큰일이군."

하나 큰일이라는 말과는 달리 백무량은 별다른 걱정 근심이 없어 보였다.

마치 남의 일이라는 말투다.

문득 그가 품에서 문서를 하나 꺼내어 유설빈에게 내밀었다.

"이게 뭡니까?"

"한번 읽어 보시게."

유설빈은 백무량이 건네는 문서를 받아서 읽다가 전신을 부르르 떨었다.

그리고 화가 머리끝까지 치솟은 얼굴로 백무량을 바라보며 말했다.

"이, 이 개자식들이!"

콰아아앙—!

결국 유설빈의 앞에 있던 탁자는 산산조각으로 부서졌다.

유설빈은 이를 갈며 말했다.

"남만야수문 놈들까지 움직인 겁니까?"

"그런 셈이지?"

"이건 이놈들이 아예 작정을 하고 움직였다는 뜻 아닙니까?"

"아마도 그렇겠지."

“지금 천마신교와 초류향이 문제가 아닌 것 같습니다.”

백무량은 빙긋 웃으며 고개를 끄덕였다.

“그렇지. 당장 사나운 이리 떼에게 집안을 털어 먹히게 생겼으니.”

“신승께서는 별다른 말이 없었습니까?”

신승 공야 대사.

태극검황 백무량이 은퇴한 이후 무림맹주직을 맡은 그는 생각보다 착실하게 정도맹을 이끌고 있었다.

“신승은 오래전에 움직였네, 사제. 그 응큼한 영감은 녀석들이 이렇게 움직일 것을 이미 알고 있었거든. 사실은 정도맹의 군사인 상관중달이 미리 경고했으니까. 대비는 해 놓았지.”

유설빈은 눈을 동그랗게 뜨며 되물었다.

자신에게도 비밀로 한 채 움직였다는 말인가?

대체 언제?

“어디로 움직인 겁니까? 신승께서는.”

“남만야수문이 쳐들어온 곳. 바로 이곳으로 움직였네.”

백무량이 벽에 걸린 지도를 보며 가리킨 장소.

그곳은 현재 남만야수문의 기습으로 무너진 섬서성이었다.

섬서성에는 정도맹에 소속된 유명한 두 개의 문파가 있다.

하나는 종남파, 다른 하나는 화산파다.

현재 남만야수문이 점령한 곳은 종남파였다.

“신승은 소림의 제자들을 이끌고 화산파로 향했네. 그곳에서 남만야수문을 상대할 생각이지. 우리더러 정도맹의 병력을 이끌고 형산파로 가 달라더군."

형산파에는 북해빙궁이 있었다.

형산파로 가 달라는 것은 그들을 막아 달라는 뜻일 터.

"물론 움직여야지요. 그 건방진 놈들에게 중원의 힘이 얼마나 무서운지 보여 주겠습니다."

유설빈이 분노한 얼굴을 해 보이자 백무량은 빙긋 웃으며 말했다.

"그럼 가 볼까?"

"예."

중원은 만만하지 않았다.

공손천기라는 희대의 천재에게 이리저리 휩쓸렸지만 아직도 중원에는 고수가 부지기수로 많았던 것이다.

북해빙궁과 남만야수문은 그런 중원의 안마당에 너무 무방비하게 들어왔다.

'후회할 것이다.'

북해빙궁과 남만야수문이 대단하긴 하지만 그들에게는 공손천기가 없었다.

그럼 정도맹으로서도 두려워할 필요가 없다.

황실이 사라진 지금.

천하는 그렇게 다시금 격렬한 소용돌이 속으로 빠져들기 시작했다.

*　　*　　*

아파도 참아야 한다.

숨소리를 내는 것은 물론 작은 신음조차도 지르면 안 된다.

살수가 되는 훈련.

그것은 견디기 힘든 고행의 길이었고, 목숨이 몇 개라도 버티기 어려운 훈련이었다.

도중에 고통을 참지 못하고 도망가거나 죽어 나가는 친구들이 부지기수였다.

그것을 견디고 겨우 살아남아도 사지가 멀쩡하긴 힘들었다.

그런 험악한 환경 속에서 별 특색도 없는 평범한 그녀가 살아남은 것은 거의 기적과도 같은 일이었다.

그리고 훈련이 끝나는 날.

그녀에게는 지금까지와는 다른, 전혀 새로운 이름이 주어졌다.

"네 이름은 이제 화령이다."

훈련이 끝나자 그녀의 손에 칼을 쥐여 주던 남자가 한 첫마디였다.

이름이라는 것이 무슨 의미가 있을까 싶었지만 그녀는 속으로 묵묵하게 자신의 이름을 되뇌었다.

사실 그녀는 무척 기뻤다.

이름을 얻어서?

아니다, 고작 이런 이름 따위로 기쁠 이유가 없다.

그녀가 기쁜 이유는 자신이 살아남았다는 사실 때문이다.

앞으로의 일은 잘 모르겠지만 적어도 지금 당장은 그것이면 족했다.

그로부터 팔 년.

화령이라는 이름을 가지고 그녀는 수많은 사람들을 어둠 속에서 죽여 왔다.

그리고 어느 날.

과거의 그 남자가 자신을 다시 찾아왔다.

"너는 앞으로 이화궁이라는 곳에 들어가게 될 거다. 그곳에서 다음 명령이 있을 때까지 숨죽이고 대기해라."

무슨 일인지는 알 수 없었다.

하나 그것에 따로 의문을 표하지는 않았다.

위에서 명령을 했으면 들으면 그만이니까.

애초부터 의문이나 호기심은 그녀의 영역이 아니었다.

어찌 되었든 화령은 그날부터 남자의 명령대로 이화궁의 그림자가 되어 살아왔다.

자신이 언제 어떤 식으로 이용될지는 알 수 없었다.

그저 묵묵하게 명령을 기다리고 있었을 뿐이다.

그렇게 두 달이 지나갔을 무렵.

서서히 초조한 마음이 들었을 즈음.

자신을 가르치고 명령을 내리던 그 남자의 낮은 목소리가 귓가에 들려왔다.

『소교주를 죽여라.』

두 달 만의 명령.

화령은 미미하게 고개를 끄덕였다.

드디어 때가 온 것이다.

그녀의 목표물은 당시 아직 어린아이였던 소교주였다.

소교주.

이건 상당히 높은 지위였기 때문에 그를 죽이는 일은 정말 쉽지가 않았다.

호위가 너무 탄탄했던 것이다.

그래도 불행 중 다행이라면 시간은 많았다.

화령은 차근차근 때를 기다렸다.

그리고 겨우 기다리던 기회가 찾아왔다.

하지만…….

그녀는 암살에 실패했다.

그 한 번의 실패가 그녀의 삶을 완전히 바꿔 놓았다.

*　　*　　*

꿈틀—

관이 작게 꿈틀거렸다.

마차 안에 있던 천자후는 그 미미한 움직임에 얼굴을 찌푸렸다.

"영감."

"왜?"

"방금 관이 움직였다."

"그럴 리가? 완전히 재웠는데?"

검버섯 노인.

그가 믿을 수 없다는 얼굴을 할 때.

천자후가 자리에서 일어나 마차의 문을 가볍게 치며 말했다.

"주호, 마차 세워라."

히히히힝—!

질주하던 마차가 산길에서 멈춰 섰다.

그리고 천자후는 곧장 노인을 바라보며 입을 열었다.

"당장 확인해, 영감."

"으응."

노인이 후다닥 마차에서 내려서 뒤쪽 덮개를 열어 보았다.

덮개 아래에는 검은빛 관이 놓여 있었고, 그곳에서 엄청난 냉기가 흘러나오고 있었다.

"어때?"

"흐음……."

검버섯 노인.

그의 표정이 기묘해졌다.

잠시 관을 열어 이리저리 살펴보던 노인이 조심스럽게 입을 열었다.

"정말 움직인 게 맞아, 도련님?"

"확실해."

"별 이상 없는데? 아무래도 마차가 흔들려서 같이 움직인 모양인데……."

천자후는 얼굴을 찡그렸다.

마차의 흔들림으로 인해 움직인 것과는 분명 달랐다.

사람이 잠에서 깨어나려고 본능적으로 몸을 꿈틀거리는 듯한 느낌이지 않았던가?

절정 고수인 천자후.

그는 자신의 감각을 믿었다.

그랬기에 노인을 똑바로 바라보며 입을 열었다.

"확실하게 점검해, 영감. 저 괴물이 지금 여기서 난동을 피우면 우리만 죽는 걸로 끝나지 않을 테니까."

"그, 그야 나도 알지. 다시 한 번 살펴볼게."

검버섯 노인이 신중한 얼굴로 관을 재차 점검한 후에 천자후에게 말했다.

"혹시 몰라서 한빙석을 두 개 더 넣었으니까 이제 정말로 깨어날 일은 없을 거야."

"……."

천자후는 조금 찜찜했지만 그 외에는 별다른 방법이 없었기에 고개를 끄덕였다.

그리고 검버섯 노인에게 말했다.

"오늘이 바로 그놈이 오는 날이다. 오늘만 잘 넘기면 돼."

검버섯 노인.

그의 입가에 음충맞은 웃음이 떠올랐다.

"히히, 오늘이 역사적인 날이었구만. 그래서 도련님이 이렇게 예민한 거였어. 히히힛!"

천자후는 대답하지 않고 마차에 올라탔다.

인정하고 싶지 않지만 노인의 말이 맞았기 때문이다.

'오늘이 지나면…….'

천마신교의 역사가 바뀔 것이다.

애초에 근본도 없는 놈들이 교주가 된다는 것 자체가 말이 되지 않았다.

'모든 것이 정상으로 돌아가는 거다.'

그 개혁의 시작은 소교주 초류향.

그놈의 죽음이 될 것이다.

*　　*　　*

주상산과 우규호.

둘은 오랜만에 깔끔한 정복을 차려입고 설레는 마음으로 천마신교의 거대한 입구.

혈뢰문(血雷門, 붉은 대문) 앞에서 서성거렸다.

두 손을 가볍게 비비며 어슬렁대던 우 호법이 불쑥 말했다.

"이놈아, 참으로 설레지 않느냐?"

"무엇이 말이냐?"

"소교주님의 복귀가 말이다."

우 호법의 말에 주 호법은 피식 웃었다.

그리고 멀리 어딘가를 바라보며 말했다.

"설레지."

"너도 나랑 같은 생각을 하고 있겠지?"

우 호법은 수염을 가볍게 쓰다듬으며 헤벌쭉 웃어 보였다.

"어쩌면 소교주님은 강호에 나가실지도 모르지 않겠느냐?"

주 호법은 고개를 끄덕였다.

확실히 초류향은 공손천기와 그 성향이 다르다.

"그럴지도 모르지."

"그럼 또 정마대전이 일어날지도 모르겠지?"

"아마도……."

"크흐흐…… 이거 생각만 해도 신이 나는구나."

우 호법은 눈을 희번덕거리며 기뻐했다.

그의 오랜 바람.

아니, 천마신교의 오랜 바람은 바로 천하 통일이 아니던가?

순수한 마인(魔人)들의 세상.

그것이 바로 천마신교가 원하는 진정한 낙원의 모습이었다.

"그나저나 사대 세가 녀석들은 어때?"

주 호법이 불쑥 질문하자 우 호법은 퍼뜩 정신을 차렸다.

"아직 별다른 움직임은 없다."

"그런가…… 그것참 이상하군."

주 호법은 고개를 갸웃거리며 생각에 잠겼다.

지금쯤 무언가 움직임이 있어야 정상이 아닌가?

이건 조용해도 너무 조용했다.

그래서 더 불안한 것이다.

"이놈아, 대체 뭐가 이상하단 말이냐?"

"그놈들…… 생각보다 너무 조용하잖아?"

"푸흐흐, 이제 와서 별수 있겠느냐? 그놈들도 포기한 거겠지."

주 호법.

주상산은 잠시 감탄했다는 눈길로 자신의 오랜 친구를 바라보았다.

"세상만사가 네놈 머릿속처럼 단순하게 돌아갔으면 참으로 좋겠구나."

"심각하게 생각할 것 없다. 제깟 놈들이 지금 와서 수작질을 부려봤자지……."

확실히 이쪽의 전력은 압도적이었다.

애초에 싸움이 안 되는 상황인 것이다.

이런 상황에서 사대 세가가 할 수 있는 일은 극히 적었다.

'그놈들이 대체 무슨 꿍꿍이인 걸까…….'

주 호법은 잠시 고민에 잠겼다.

사대 세가는 결코 만만하지가 않았다.

게다가 우 호법처럼 단순하지도 아니었다.

그런 음흉한 놈들이 바로 코앞까지 다가왔던 교주 자리를 이렇게 쉽게 내준다?

오히려 그게 더 이상했다.

그렇다면 이 상황에서 어떤 방법을 시도할까?

“기껏해야 암살을 시도하는 정도일 텐데…….”

짐작 가는 것이라곤 고작 이 정도가 다였다.

하나 암살도 이제는 사실상 가망성이 없다고 봐야 했다.

초류향은 소교주가 된 뒤로 워낙에 그런 위협을 많이 받지 않았던가?

경험도 많은데 무공 경지까지 막강하니, 그들로서도 방법이 없을 것이다.

그런데도 너무 조용하니 오히려 신경이 쓰였다.

‘분명 뭔가가 있는데…….’

주 호법이 슬금슬금 짜증스러운 얼굴을 할 때.

우 호법이 갑자기 그의 어깨를 꽉 잡았다.

“오셨다. 그분이 오셨어.”

주 호법이 천천히 시선을 돌리자 저 멀리 아스라이 무언가가 보이기 시작했다.

그것을 가만히 지켜보던 주 호법의 입가에 가느다란 미소가 걸렸다.

"그래. 오셨구만."

"크흐흐…… 이제 시작이다."

우 호법이 잔뜩 흥분한 얼굴을 할 때.

주 호법은 그런 친구를 뒤로하고 천천히 몸을 돌렸다.

주 호법과 우 호법의 뒤쪽.

그곳에는 수백 명의 무인들이 검은 무복을 입고 석상처럼 서 있었다.

"네놈들 눈에도 보이느냐?"

"옙!"

주 호법은 우렁차게 대답하는 무인들을 바라보며 히죽 웃었다.

"본 교의 주인께서 오랜 외유 끝에 집으로 돌아오시는 중이시다. 다들 예의를 갖춰라!"

"존명!"

그들은 신속히 길 양옆으로 질서정연하게 도열하기 시작했다.

신의 대리인.

천마신교의 후계자가 오는 길이지 않은가?

그들은 살짝 흥분한 기색이었지만 흐트러짐 없이 완벽하게 도열한 채 주 호법을 응시하고 있었다.

"너희들도 짐작했겠지만 어쩌면 소교주님은 우리들의 오랜 숙원을 이루어 주실지도 모르는 분이다. 그러니 다들 소교주님을 대하는 것에 한 치의 실수도 있어선 안 된다. 이게 무슨 말인 줄 알겠지?"

"존명!"

주 호법은 고개를 끄덕이며 몸을 돌렸다.

그러자 한층 가까워진 마차의 모습이 보였다.

우 호법과 주 호법은 마차가 다가올 때까지 단 한 마디도 하지 않고 묵묵히 기다렸다.

그리고 드디어 마차가 도착했을 때.

마차 문이 열리기가 무섭게 둘이 동시에 입을 열었다.

"무사 복귀를 환영합니다! 소교주님!"

"……."

초류향이 마차 문을 열고 바깥으로 걸어 나왔다.

붉은 노을.

그것을 정면으로 맞으며 걸어 나온 초류향은 잠시 동안 아무 말도 하지 않았다.

그저 조용히 주변을 살펴볼 뿐이었다.

그러다 마침내 자신을 맞이하는 두 명의 노인을 바라보며 희미하게 웃었다.

"오랜만입니다."

"……."

이번에는 주 호법과 우 호법이 아무 말도 하지 못했다.

잠시 침묵을 지키다가 우 호법이 겨우겨우 힘겹게 입을 열었다.

"……이 늙은이는 너무…… 정말 너무 오래 기다렸습니다, 소교주님."

그랬다.

그들에게 있어서 오 년이라는 시간은 너무나 오랜 기다림이었다.

우 호법의 투정 섞인 말투에 초류향은 고개를 끄덕였다.

"이제는 이럴 일 없을 겁니다."

"……!"

그랬다.

이제는 앞으로 나아갈 일만 남은 것이다.

"이 늙은이는 그 말이 듣고 싶었습니다. 소교주님."

우 호법이 벅찬 음성으로 말할 때.

마차에서 엄승도가 조심스럽게 내려섰다.

엄승도가 눈치를 보며 나오자 우 호법이 고개를 들어 슬쩍 그를 바라보다가 문득 눈을 끔뻑거리며 입을 열었다.

"응? 어라? 네 녀석 팔은 어디다가 두고 왔느냐?"

엄승도는 우 호법의 질문에 어색하게 웃었다.

그리고 남아 있는 한 팔로 뒷머리를 긁적이며 말했다.

"어쩌다 보니…… 하하하……."

운휘를 구했다.

그 대가로 팔 하나를 잃은 것은 정말로 작은 희생인 것이다.

하나 우 호법은 그리 생각하지 않았다.

"……이, 이 멍청한 놈!"

우 호법의 얼굴이 벌겋게 달아올랐다.

엄승도가 엉거주춤한 얼굴로 입을 열었다.

"사실 너무…… 무겁기도 했고…… 하하……."

바람에 펄럭이는 엄승도의 빈 소매가 우 호법의 망막에 맺혔다.

그의 얼굴에 정말로 짙은 분노가 떠오르자 엄승도가 웃음기와 장난기를 싹 지우며 고개를 푹 숙였다.

"……죄송합니다, 어르신. 그래도 최선을 다했습니다."

"……."

우 호법은 아무 말도 하지 못했다.

그는 내심 엄승도를 다음 대 천마신교를 이끌고 갈 대들보 중 하나라고 생각했던 것이다.

잠시 동안의 정적.

그때 마차의 열린 문으로 노진녕이 운휘를 부축하면서 내려오고, 마지막으로 임학겸이 내려왔다.

그리고…….

주호유와 척계광이 조심스럽게 내렸다.

"어?"

복잡한 얼굴이었던 우 호법의 입에서 미묘한 감탄사가 터져 나왔다.

그만큼 우 호법에게 있어서는 마차에서 나온 인물이 굉장히 의외였던 것이다.

척계광이 누구던가?

황실의 실세 중의 실세가 아닌가?

우 호법은 잠시 멍하니 서 있다가 아무런 반응이 없는 주 호법을 보며 말했다.

"허? 너는 알았던 게냐? 표정이 덤덤한데?"

"쯧, 난 너랑은 달리 귀는 열어 놓고 사니까."

주 호법이 우 호법에게 핀잔을 던져 주고 척계광을 향해 다가갈 때.

초류향은 그의 앞을 슬쩍 막고 마차를 돌아보며 작게 중얼거렸다.

"나와라. 여기서 장난칠 시간 없다."

"음? 안에 또 누가 있습니까?"

주 호법은 고개를 갸웃거렸다.

그의 감각에는 마차 안쪽에 아무것도 없었기 때문이다.

그때.

새하얀 털빛의 토끼가 마차에서 깡총거리며 내려오더니 주 호법의 앞에서 크게 기지개를 켰다.

토끼를 바라보던 주 호법과 우 호법의 시선이 동시에 이상하게 변했다.

第六章

초혜정에서의 만남

주 호법과 우 호법은 동시에 고개를 갸웃거렸다.

'뭐지?'

토끼가 눈앞에 등장하기 직전까지, 저놈이 그곳에 있다는 것을 전혀 몰랐다.

이건 애초에 말이 되지 않는 일이다.

그들은 화경의 고수.

초감각이 열린 사람이 아닌가?

이해할 수 없다는 눈빛으로 막수를 바라보던 주 호법과 우 호법 중 성질 급한 우 호법이 선뜻 한 걸음 움직였다.

스윽—

우 호법은 막수의 두 귀를 한 손으로 잡아서 들어 올리며 초류향에게 물었다.

"응? 소교주님, 이놈은 대체 뭐하는 놈입니까? 왜 기척이 없는 겁니까?"

"……!"

운휘와 노진녕의 얼굴이 새하얗게 질릴 때.

우 호법의 손에 들린 막수의 눈이 가늘게 뜨여졌다.

기분이 불쾌해진 것이다.

그때 뒤에 서 있던 엄승도가 먼저 입을 열었다.

"그놈 비상식량이랍니다. 소교주님의."

"비상식량?"

"그렇습니다, 어르신."

우 호법은 고개를 갸우뚱하다가 입을 열었다.

"나는 이 녀석이 말로만 듣던 영물이라는 놈이 아닐까 생각했는데?"

"그럴 리가요."

"역시 그렇겠지?"

"그럼요."

우 호법은 너털웃음을 터뜨리며 막수를 더 높이 들어 올렸다.

그리고 자신과 눈높이를 맞춘 후 막수의 눈을 잠시 들여다보았다.

아주 잠깐이었다.

그 찰나의 순간 막수와 눈을 마주친 우 호법의 동공이 가볍게 흔들렸다.

동시에 초류향은 우 호법의 손에서 막수를 받아내 가슴에 안으며 말했다.

"사대 세가의 주인들을 만나고 싶습니다."

"……."

우 호법은 여전히 멍한 눈으로 막수를 바라보았으나, 주 호법은 초류향의 말에 막수에게서 시선을 떼 내었다.

"소교주님께서 직접 만나 보시겠습니까?"

"예. 이건 시간 끌 일이 아니니까요."

시간을 길게 끌면 끌수록 좋지 않았다.

최대한 빠른 시간 내에 해결을 봐야 하는 문제였으니까.

그리고 직접 만난다면 의외로 생각보다 쉽게 해결책이 나올 수도 있었다.

천마신교는 철저하게 힘의 율법이 지배하는 세계가 아니던가?

"알겠습니다. 자리를 마련하겠습니다."

"감사합니다."

초류향은 막수를 안은 채 씨익 웃으며 그때까지 멍하게 굳어 있던 우 호법의 어깨를 가볍게 툭툭 쳤다.

"잊으십시오. 무얼 보셨는지 모르겠지만 잘못 보신 겁니다."

"……."

"이 녀석은 그저 살이 포동포동하게 오른 귀여운 토끼일 뿐입니다, 우 호법님."

[……!]

초류향은 품에 안긴 막수의 일그러진 표정을 힐긋 내려다보며 앞으로 걸었다.

그렇게 초류향이 도열해 있는 천마신교의 무인들 사이를 걸어가는 동안.

무인들이 절도 있게 가슴에 손을 얹으며 예의를 표했다.

이것은 아직 교주가 아닌 초류향에게 그들이 보여 줄 수 있는 최대한의 경의였던 것이다.

초류향은 그런 무인들 사이를 지나가 천천히 후원으로 향했다.

그렇게 후원으로 향하는 초류향과 그 일행을 우 호법은 멍청하게 풀린 눈으로 바라보고 있었다.

"뭐냐? 너 갑자기 왜 그래? 뭐 이상한 거라도 본 거냐?"

주 호법이 묻자 우 호법이 고개를 좌우로 크게 흔들며 입을 열었다.

"……아무것도 아니다."

"쯧, 싱거운 늙은이. 난 사대 세가 놈들을 만나러 갈 테니까, 너는 애들 챙겨서 뒷정리나 하고 가라."

"그래."

주 호법은 종종걸음으로 사라졌고, 혼자 남겨진 우 호법은 자신도 모르게 목 뒤에 손을 가져가 보았다.

그는 뒷목에 흥건한 식은땀을 가볍게 손으로 훑어 닦아 낸 다음 다리에 힘을 꾹 주고 걸었다.

하마터면 다리에서 힘이 풀릴 뻔했던 것이다.

초류향이 사라진 곳을 바라보며 우 호법은 자신도 모르게 입맛을 다셨다.

'저놈은 분명 요물이다.'

저 토끼의 눈동자 깊숙한 곳에서 꿈틀거리는 거대한 힘.

그것을 우 호법은 잠깐 사이에 읽어 낸 것이다.

한데 이해가 되지 않는 것은 어째서 소교주님이 저 괴물 놈을 감싸는 듯한 발언을 했는가였다.

우 호법은 저 괴물에 대해서 다시금 확인해 봐야겠다는 생각을 했다.

*　　*　　*

후원으로 가기 위해서는 잘 다듬어진 돌계단을 밟고 가야만 했다.

길게 이어진 돌계단을 하나하나 밟아 올라가던 초류향은 자신도 모르게 피식 웃어 버렸다.

'참으로 재미있는 일이다.'

제일 처음 천마신교에 왔을 때도 이 길을 똑같이 걸었다.

그때는 그렇게 멀어 보이고 아득하게 높아 보였던 계단들이 지금은 너무도 작고 아담해 보였다.

과거와는 다르게 조금도 힘들지가 않았던 것이다.

초류향이 스스로의 성장을 이런 식으로 새삼스럽게 실감하고 있을 무렵.

목적지가 눈앞에 다가왔다.

초혜정.

그의 스승님이었던 공손천기가 각별하게 아꼈던 장소가 아니던가?

탁—

초혜정의 입구에 다다른 초류향은 걸음을 멈추며 뒤를 바라보았다.

부상에서 회복 중인 운휘는 이마에 송골송골 땀이 맺혀 있었지만 조금도 뒤처지지 않고 묵묵하게 초류향을 따라오고 있었다.

그것은 이제 부상에서 완전히 회복한 노진녕 역시 마찬가지였고, 임학겸과 엄승도는 거동이 불편한 척계광을 잘 부축하면서 쫓아왔다.

가장 뒤쪽에서는 주호유가 약간 벌겋게 상기된 얼굴로 따라오고 있었다.

거친 숨을 몰아쉬는 주호유까지 입구에 도달하기를 기다린 초류향은 다시금 발걸음을 옮겼다.

초혜정 안으로 움직인 것이다.

그때까지 가만히 뒤에서 쫓아오던 주호유가 낮게 감탄을 터트리며 말했다.

"천마신교가 천 년 동안 무탈하게 이어져 내려온 이유가 있었군."

본래부터 천혜의 요새였던 장소를 튼튼한 성벽으로 둘러싸 놓았으니…… 이건 열 명으로 백 명을 능히 감당할 수 있는 구조가 아닌가?

전략적으로 처음부터 꼼꼼하게 설계된 요새가 바로 천마신교였다.

초류향은 초혜정의 후원을 걸으며 주호유에게 설명했다.

"천마신교가 지난 천 년의 역사 동안 가장 많은 피를 흘렸던 때는 외부의 공격 때문이 아니라 내부에서의 권력 다툼 때문이었다고 알고 있습니다."

주호유는 초류향의 말에 고개를 끄덕였다.

천마신교는 하나의 작은 나라와도 같았다.

교주라는 절대 권력자가 존재했고, 그가 모든 것을 결정할 힘이 있었다.

당연히 그 교주 자리를 향한 욕심이 과열될 수밖에 없는 구조였다.

"그대는 교주가 될 수 있겠나?"

초류향은 갑작스러운 척계광의 질문에도 당연하다는 듯 고개를 끄덕였다.

지금 초류향이 염려하는 것은 교주가 되고 아니고의 문제가 아니었다.

그리고 그 염려하는 바를 주호유는 정확하게 파악했다.

그래서 척계광의 질문에 하나의 질문을 덧붙였다.

"아무런 피도 흘리지 않고?"

초류향은 멈칫했다.

그리고 잠시 침묵을 지킨 뒤 하늘을 바라보며 입을 열었다.

"……가급적 피를 흘리고 싶지 않지만…… 피할 수 없는 상황이라는 것도 있는 법이니까요."

사대 세가.

그들이 가만히 고개를 숙여 주면 좋겠지만 그렇지 않을 가능성이 더욱 높았다.

그들은 오랜 시간 권력을 독점해 왔던 가문이었고, 그만큼 권력에 대한 집념이 상상 이상으로 강할 터였다.

초류향은 머릿속에 떠오르는 염려들을 한구석으로 밀어 놓으며 천천히 후원을 거닐다 입을 열었다.

"일단 숙소에 들어가 쉬고 차후의 일은 내일 의논해 보도록 하지요. 조혜정을 벗어나지 않는다면 아무도 제지하지 않을 겁니다."

"알겠네."

주호유와 척계광이 묵을 만한 숙소를 정해 주고 초류향은 자신이 본래 묵었던 와룡각으로 향했다.

운휘와 노진녕은 와룡각과 가까운 숙소에 거처를 정했고, 엄승도와 임학겸은 각자가 미뤄 두었던 업무를 처리하기 위해 바쁘게 사라져 갔다.

이제야 비로소 혼자가 된 것이다.

"조용해졌군."

초류향이 자신도 모르게 작게 중얼거리자 품에 안겨 있던 막수가 투덜거렸다.

[네놈에게는 이게 조용한 것이냐? 이 어르신은 저놈들의 숨소리 때문에 시끄러워 죽을 지경이다. 게다가 아까는 뭐? 비상식량? 살이 포동포동하게 올랐다고?]

초류향은 막수를 내려놓으며 씨익 웃었다.

바락바락 대드는 모습이 귀여워 보였기 때문이다.

그리고 녀석의 말처럼 이곳 와룡각 주변에는 은신해 있는 고수들이 족히 백여 명은 되었다.

모두 이곳 초혜정을 수호하는 무인들인 것이다.

"이들은 이들의 일을 할 뿐이다."

[건방진 네놈 목을 지키는 일 말이냐? 그렇다면 대단히 어리석은 놈들이다. 쓸데없는 짓을 하고 있는 셈이지.]

막수는 바닥에 내려서서 두 다리로 꼿꼿이 선 다음에 입을 열었다.

[인간들 중에서 너를 죽일 수 있는 놈은 '이제' 없다. 네놈 스승이었던 그 괴물 같은 놈이 이 세상에 또 존재하지는 않을 테니까.]

초류향은 미소 지었다.

확실히 그러했다.

잃어버렸던 기억이 돌아온 뒤로 초류향은 엄청나게 강해져 있었다.

그것만 해도 놀라웠지만 더욱 놀라운 점은 따로 있었다.

'나는 아직 성장 중이다.'

느릿하긴 하지만 분명히 초류향은 조금씩 더 위로 올라가고 있었다.

이대로라면 삼황의 경지에 도달하는 것도 시간문제였다.

모두 공손천기가 남겨 놓은 깨달음 덕분이었다.

'더불어서…….'

무공이 강해짐에 따라 잊고 있던 지난 오 년간의 기억.

그것도 조금씩조금씩 떠오르고 있었다.

문제는 이것이 너무도 금세 떠올랐다가 순식간에 사라진다는 점이었는데 그 때문에 초류향은 새로운 방법을 시도해 보았다.

한번 떠오른 기억을 절대로 잊어 먹지 않기 위해 과거 마테오 리치가 가르쳐 준 것을 써 본 것이다.

'기억술.'

마테오 리치가 가르쳐 준 기억술은 아주 유용했다.

머릿속에 가상의 공간을 만들고 그곳에 무수히 많은 책장을 놓아둔다.

그리고 원하는 기억들을 문서화해서 그 책장에 안전하게 보관하면 되는 것이다.

다행히 이 방법은 기억에도 먹혔다.

순수하게 기억력에 의지할 때는 떠올랐던 기억이 사라지면 바로 까먹었지만, 이렇게 기억을 따로 저장해 놓으니 절대로 잊어 먹지 않았던 것이다.

[이제 네놈은 무엇을 할 작정이냐?]

"뻔하지 않나."

초류향은 깍지를 끼고 의자에 앉아서 입을 열었다.

"내가 잃었던 것을 되찾아 올 생각이다. 교주가 될 생각이지."

[그 다음을 묻는 거다. 애송아.]

"너는 내가 교주가 되면 무엇을 할 거라고 생각하지?"

막수는 훌쩍 몸을 띄워 침상에 올라선 다음.

몸을 옆으로 길게 누이며 입을 열었다.

[본래 인간이라는 멍청한 족속들이 조금 살 만해졌다 싶으면 하는 짓거리가 있지.]

"……."

[땅따먹기를 할 생각이겠지?]

막수의 말에 초류향은 고개를 끄덕였다.

"천하 통일. 그것이 내 목표다."

초류향의 대답을 들은 막수는 입가에 비웃음을 머금었다.

[어리석은 인간들은 매번 같은 실수를 반복하곤 하지. 뭐, 그걸 지켜보는 것도 나름대로 재미있으니 기대해 보마. 열심히 발버둥 쳐 보거라.]

막수는 그 말을 마지막으로 침상에 벌렁 드러누웠다.

초류향은 그런 막수를 잠시 바라보다가 자리에서 일어나 바깥으로 나갔다.

바람을 쐬고 싶어진 것이다.

어느새 해가 떨어지고 벌써 밤이 되어 있었다.

오랜만에 찾아온 초혜정의 후원을 느릿하게, 조용히 걸으며 초류향은 자신도 모르게 어딘가로 발걸음을 옮겼다.

쇄아아아—!

바람이 유달리 시원하게 부는 곳.

후원의 어떤 장소에서 문득 걸음을 멈춘 초류향은 주변을 둘러보며 잠시 멍하게 서 있었다.

그곳은 인공 호수가 바로 옆에 위치한, 나무와 수풀들이 잘 가꾸어져 있는 장소였다.

다른 곳에 비해 크게 특별한 구석이 없는 장소였지만 초류향은 이곳에서 한동안 움직이지 못했다.

'여기였다.'

이곳.

바로 여기에서 운휘를 처음으로 만났었다.

그리고 그녀 또한 이 장소에서 처음 만났다.

'공손아리…….'

그녀는 지금 무얼 하고 있을까?

생각해 보니 그녀의 안부를 물어보지 못했다.

'왜?'

아마도 그녀에 관해 무언가를 물어보기가 두려웠으리라.

이유는 알 수 없었지만 물어보기가 괜히 꺼려졌다.

초류향이 그 이유를 진지하게 고민하고 있을 때.

등 뒤에서 누군가가 다가오는 것이 느껴졌다.

바스락—

수풀이 움직이고, 초류향은 그것을 그저 가만히 바라보고 있었다.

그리고 수풀 사이로 등장한 사람.

그 사람은 잠시 초류향을 바라보고 멈칫거렸다.

하나 곧장 자신의 실수를 알았는지 예의를 갖추며 입을 열었다.

"이곳에 계셨습니까? 주군."

운휘였다.

초류향은 이미 운휘의 기척을 느꼈을 때부터 그가 누구인지 알았기 때문에 희미하게 미소 지으며 말했다.

"잠이 오지 않아서 잠시 바람을 쐬러 나왔습니다. 운휘 님은 어쩐 일이십니까?"

"저 역시 잠이 오지 않아서…… 잠시 걷고 있었습니다, 주군."

"우연이군요."

운휘는 초류향의 말에 고개를 끄덕이며 주변을 둘러보았다.

운휘 역시 이곳이 초류향과 자신이 처음으로 만났던 장소임을 기억했다.

더불어 과거 이곳에 있었던 공손아리의 존재도 떠올렸다.

그래서 자신도 모르게 불쑥 물었다.

"주군께서는 혹시 소군주님에 대해 뭔가 들은 것이 있습니까?"

초류향은 운휘의 갑작스러운 질문에 움찔한 후 천천히 고개를 저었다.

들은 것이 없었다.

아무도 그녀에 대해서 말해 주지 않았던 것이다.

그래서 궁금하면서도 한편으로는 걱정이 되었다.

더더욱 가벼이 물을 수가 없었다.

운휘가 그런 초류향의 복잡한 표정을 읽고 위로의 말을 했다.

"잘 계실 겁니다. 사대 세가에서도 소군주님께는 쉽사리 손을 쓰지 못했을 테니 분명 무사하실 겁니다."

초류향은 그런 운휘를 바라보며 씁쓸하게 웃었다.

운휘의 말도 일리는 있었지만, 그들이 그녀를 가만히 내버려 두었을 확률은 대단히 낮았기 때문이다.

"저도 그녀가 무사했으면 좋겠습니다."

"……."

그들은 잠시 침묵을 지키며 조용하게 인공 호수를 바라보았다.

호수에 떠 있는 달빛이 잔잔한 파문을 일으키며 이리저리 흔들리고 있을 때.

뒤쪽 어딘가에서 인기척이 들렸다.

부스럭—

초류향은 멈칫했고, 운휘 역시 멈춰 서 초류향을 바라보았다.

둘의 시선이 허공에서 마주쳤을 때.

다가오던 인기척이 점점 속도를 높였다.

'이건…….'

운휘는 눈을 빛냈다.

아무리 내상을 입었다지만 운휘의 감각은 화경의 그것이다.

한데 지금 다가오고 있는 기척은 어딘가 익숙하지 않은가?

'설마…….'

운휘가 혹시나 하는 마음으로 뒤를 바라보고 있을 때.

마침내 근처까지 다가온 누군가가 풀숲을 헤치며 천천히 걸어 나왔다.

희미하게 떠오른 달빛 아래.

천천히 등장한 그 사람의 머리카락이 황금색으로 화려하게 빛났다.

이곳, 천마신교에서 저런 금발을 가진 사람은 단 한 명밖에 없었다.

'공손아리…….'

초류향은 그녀를 멍하게 바라보았다.

정말 아무런 생각도 나지 않았다.

갑작스럽게 등장한 그녀 때문에 모든 사고가 일시적으로 정지해 버린 것이다.

그 뛰어난 머리도, 막힘없던 언변도, 지금 초류향에게는 아무런 도움이 되지 못했다.

두근—

오로지 가슴속에 있는 무언가가 큰 소리를 내고 있을 따름이다.

그런 초류향을 조용하게 바라보던 공손아리가 입가에 미소를 그리며 먼저 말했다.

"오랜만이네요, 우리?"

"……."

초류향은 아무런 대답도 하지 못했다.

지금은 그저 달빛 아래 보인 그녀의 새하얀 미소가 너무도 눈이 부실 뿐이었다.

운휘는 초류향과 공손아리를 바라보다 판단을 내렸다.

'이건 내가 낄 자리가 아니다.'

초류향 본인은 자신의 감정을 잘 감추었다고 생각하겠지만 운휘는 이미 알고 있었다.

과거에도 초류향은 공손아리를 바라볼 때마다 눈빛이 심하게 흔들리곤 했으니까.

그때는 혼란스러워하거나 당황스러워하는 기색이 역력했지만 지금은 달랐다.

공손아리가 멀쩡한 것을 확인한 초류향의 눈빛에는 온통 안도와 기쁨이 가득했던 것이다.

운휘는 이런 주군을 방해할 생각이 조금도 없었기에 조용하게 입을 열었다.

"전 이만 들어가 보겠습니다, 주군."

초류향이 잠시 '왜 갑자기?' 라는 의문스러운 얼굴을 해 보였지만, 운휘는 미소를 지어 대답을 대신하며 천천히 걸어서 그곳을 빠져나갔다.

아직도 그의 주군은 공손아리에 대한 스스로의 감정이 어떠한 것인지 잘 모르는 것 같았다.

하지만 이제부터는 그렇지도 않을 것이다.

'더 이상 어린아이가 아니지 않은가?'

과거에야 어렸으니까 잘 모를 수도 있었다.

하지만 이제는 아니다.

운휘가 판단했을 때 지금처럼 좋은 기회가 또 없었다.

초류향은 한 번쯤 자신의 감정을 솔직하게 마주할 필요가 있었다.

초류향은 운휘가 갑자기 자리를 떠 버리자 순간 긴장했다.

공손아리와 단둘이 남게 되자마자 이상하게 당황스러운 기분이 들었던 것이다.

'침착해라.'

공손아리에게 죄를 지은 것도 아니고, 그렇다고 무언가 잘못이 있는 것도 아니다.

그런데 이상하게 긴장이 되었다.

'왜?'

이해할 수가 없었다.

초류향이 그렇게 스스로의 상태에 의문을 가질 때.

공손아리가 입을 열었다.

"잘 지내셨어요?"

초류향은 자신도 모르게 고개를 끄덕였다.

그리고 공손아리를 보다가 문득 무슨 생각을 한 것인지 피식 웃으며 말했다.

"안 본 사이에 많이 작아졌군."

"네?"

"예전에는 그쪽이 나보다 더 컸던 것으로 기억하는데."

공손아리도 입가에 희미한 미소를 그리며 대꾸했다.

"그때는 어렸잖아요."

"그랬지. 어릴 때였지."

이제는 더 이상 어린아이가 아니었다.

투정 부리고 어리광을 부릴 수 있는 시기가 지나간 것이다.

둘 모두 그 사실을 정확하게 인지했다.

초류향은 공손아리를 보며 입을 열었다.

"그동안 별일 없었던가?"

"네."

"다행이군."

"네, 다행이죠."

그것으로 끝.

둘은 한동안 아무 말도 하지 못하고 서로를 바라만 보았다.

오 년이라는 시간은 확실히 짧지 않았다.

초류향이 부쩍 성장했듯이 공손아리 역시 성장했다.

소녀에서 여인이 된 것이다.

초류향은 그런 공손아리를 새삼스럽게 바라보며 그녀의 변한 모습을 머릿속에 새겨 넣었다.

'아름답군.'

사실 초류향은 공손아리와 함께 지냈던 과거의 기억에 대해 어느 정도 환상을 가지고 있었다.

하지만 한편으로 그것은 그저 옛 기억이 머릿속에서 미화되어 아름답게 느껴지는 것일 뿐이라는 이성적인 분석도 하고 있었다.

한데 오 년이 지난 현재.

그녀를 다시 만났는데 오히려 과거의 그때보다 더욱 아름다워지지 않았는가?

자신이 잘못 봤던 것이 아니었다.

'조심해야겠군.'

까딱 잘못하면 머릿속의 생각이 그대로 입 밖으로 튀어나갈 것 같았다.

초류향은 그렇게 의식적으로 다른 생각을 하다가 불쑥 입을 열었다.

"걱정했다. 무사한 것을 보니 정말 다행이다."

"저를 걱정하셨나요, 소교주님?"

공손아리가 입가에 장난스러운 웃음을 그리며 묻자 초류향은 선선히 인정했다.

"그래."

"왜요?"

초류향은 순간 당황했다.

예상치 못했던 질문이었기 때문이다.

하나 그것을 겉으로 티 내지 않으며 최대한 침착하게 되물었다.

"걱정하는 데에도 이유가 필요한가?"

공손아리는 지금까지와는 다른, 약간 서글프게 보이는 웃음을 띠며 초류향을 바라보았다.

"네, 필요해요. 저에게는 이제 아무것도 남은 게 없거든요."

"……."

그랬다.

그녀에게는 이제 아무것도 없었다.

공손천기가 살아 있을 때는 공손아리 역시 그만한 대우를 받을 수 있었다.

하지만 지금은?

현재의 공손아리는 일종의 상징성이 있는 장식품과 같았다.

'장식품…….'

사대 세가는 언제든지 그녀를 죽일 수 있었지만 그렇게 하지 않았다.

선우초린이 강력하게 공손아리를 보호할 것을 주장한 탓도 있었지만, 공손아리를 살려 둔 근본적인 이유는 따로 있었다.

매우 간단한 이유.

'정통성을 가지고 싶었을 거야.'

사대 세가 중 어느 누구라도 상관없었다.

그들 중에서 다음 대 교주가 될 사람이 정해진 순간 그는 곧장 공손아리와 혼인하게 되었을 것이다.

힘이 최고의 진리로 숭상받는 천마신교였지만, 어느 정도 대외적으로 보기 좋게 포장하기 위해서 공손아리는 스스로의 의사와 상관없이 팔려 나갔어야 할 운명인 것이다.

초류향은 대번에 그것을 읽어 내었다.

그리고 얼굴을 미미하게 찡그리고 있을 때.

공손아리가 조용한 목소리로 말했다.

"아빠가 없으니 저는 이제 아무것도 아니에요."

"그렇지 않다."

초류향은 고개를 저은 후 공손아리에게 한 걸음 성큼 다가가며 말했다.

"너는 내 스승님의 혈육이다. 아무것도 아니라니, 결코 그렇지 않다."

공손아리는 초류향을 뚫어져라 바라보았다.

"아빠는 이제 없어요, 소교주님."

"스승님은 안 계시지만 내가 있지. 스승님의 유일한 제자인 내가."

초류향은 공손아리의 지척까지 다가가 그녀를 내려다보며 입을 열었다.

"앞으로 네 의사와 상관없는 일은 절대 벌어지지 않을 거다. 내가 천마신교의 교주가 될 테니까. 이제부터 스승님을 대신해서 내가 너를 보호해 주겠다."

공손아리의 표정이 순간 복잡 미묘하게 변했다.

그녀는 초류향을 바라보다가 입을 열었다.

"그게 전부인가요?"

"……."

"소교주님은 단지 제가 아빠의 딸이라서 보호해 주겠다는 건가요?"

초류향은 순간적으로 그녀가 무슨 대답을 원하는지 알 것 같았다.

그녀의 눈에서, 또 표정에서 그것이 그대로 드러났던 것이다.

어떻게 그것을 읽어 내었는지, 말로 하지도 않은 그 뜻을 어떤 방법으로 알아챌 수 있었는지는 초류향도 몰랐다.

하지만 초류향은 결국 그녀가 원하는 대답을 해 줄 수 없었다.

'나는 아직 할 일이 있다.'

아직 조기천 스승님의 복수도 하지 못했다.

그리고 복수를 넘어서 천하를 향한 대업을 이루기로 정하지 않았던가?

여자에 빠져서 허비할 시간이 없다.

"……그래. 네가 스승님의 딸이기 때문이다."

“……. ”

공손아리의 반짝이던 눈빛이 빠르게 어두워졌다.

초류향은 그런 공손아리를 바라보며 순간 자신이 내뱉은 말을 후회했다.

지금 이 순간 그녀에게 무언가 크나큰 잘못을 저지른 것 같았기 때문이다.

그때 잠시 고개를 숙이고 있던 공손아리가 한 걸음 뒤로 물러서며 말했다.

“고마워요, 소교주님. 호의에 감사합니다.”

“……. ”

다시 고개를 들어 올린 공손아리는 해맑게 웃으며 초류향에게 예의를 갖춰서 읍을 해 보였다.

“소교주님은 분명 좋은 교주님이 되실 거예요. 항상 보이지 않는 곳에서 소교주님의 무운을 빌게요.”

착각일까?

초류향은 순간적으로 지금 바로 눈앞에 있는 공손아리와의 거리가 엄청 멀다고 느꼈다.

‘뭐지?’

어떻게 된 것일까?

가슴 한구석이 급격하게 허전해지더니 곧 공허한 느낌이 가득해졌다.

초류향이 이것이 어떤 감정인지 제대로 파악하지 못하고 있을 때.

공손아리가 등을 돌린 채 입을 열었다.

"그럼 먼저 들어가 볼게요. 시간이 너무 늦어서요."

초류향은 천천히 멀어지는 공손아리를 향해 손을 뻗으려다가 멈칫했다.

'왜?'

오늘 하루 동안 초류향은 스스로에게 끊임없이 되새김질하며 물어보았지만 아무런 대답도 들려오지 않았다.

항상 올바른 해답을 내려 주던 그의 똑똑한 머리도 지금 이 상황에서는 바보 멍청이가 된 것 같았다.

그저 점점 멀어져 가는 공손아리의 신형이 초류향의 신경을 자극하고 있을 뿐이었다.

초류향은 공손아리가 완전히 사라지자 조금씩 비틀거리다가 옆에 있는 바위에 걸터앉으며 얼굴을 감싸 쥐었다.

괴로웠다.

문제는 어디가 괴로운지, 어디가 아픈 것인지 정확하게 모르겠다는 데에 있었다.

'나는 지금 올바른 결정을 했다.'

하지만 이 답답함은 대체 무엇인가?

잠시 동안 깊게 고민하던 초류향이 느릿하게 고개를 들어 올렸다.

'적어도 한 가지는 확실하다.'

지금 상황이 왜 이렇게 된 것인지, 어쩌다 이렇게 된 것인지는 그 이유도, 상황 파악도 제대로 되지 않았지만 한 가지 분명한 사실이 있었다.

이제 다시는 그녀의 웃는 모습은 보기 힘들 것이라는 점이었다.

초류향이 그 현실을 깨닫고 공허한 얼굴로 공손아리가 사라진 방향을 바라보고 있을 때.

근처에서 어떤 강렬한 기운이 흘러 나왔다.

'이건…….'

익숙한 기운이 아닌가?

초류향은 퍼뜩 정신을 차리고 기운이 흘러나오는 곳을 바라보다가 몸을 날렸다.

좋지 않은 예감이 들었던 것이다.

*　　*　　*

[감히 네깟 놈이 누구 몸에 손대는 것이냐?]

"역시 요물이었구나, 이놈! 감히 소교주님 곁에서 무슨 개수작질을 부리는 것이냐?"

막수는 갑자기 자신을 찾아와 무턱대고 살수를 펼치는 우 호법을 보며 기가 막힌 얼굴을 해 보였다.

[평소에도 네놈이 유달리 멍청해 보였기에 유심히 바라보고 있긴 했다만, 이 정도로 무식한 놈인지는 몰랐다. 죽고 싶으냐, 늙은이?]

우 호법은 막수의 몸에서 흘러나오는 막대한 기운에도 전혀 기죽지 않고 호쾌하게 전신을 돌리며 내력을 끌어 올렸다.

그러자 이글거리는 불꽃이 그의 몸에서 사방으로 뻗어 나가며 막수의 기운을 조금씩 밀어내기 시작했다.

"푸헐! 하찮은 축생 주제에 인간을 무시하다니 아주 간이 부었구나. 네놈 간덩이가 얼마나 큰지 한번 꺼내 봐야겠다."

우 호법이 두 손을 단전 어림에 모아서 번쩍거리는 붉은 구슬을 만들었을 때.

초류향이 도착해서 둘 사이를 막아섰다.

"그만! 둘 모두 멈추십시오."

[비켜, 애송이. 이 기회에 저 건방진 영감의 털을 다 태워 버려야겠다. 민둥머리로 만들어 주지, 늙은이.]

"소교주님, 저 건방진 요물은 제가 처리하겠습니다! 한 방에 피떡으로 만들어 버릴 테니 조금만 기다려 주십시오!"

[피떡? 푸헤헤! 할 수 있으면 해 봐라, 늙은이.]

초류향은 일단 배꼽을 잡고 웃는 막수를 한번 노려보다가 한숨을 내쉬곤 우 호법을 향해 입을 열었다.

"기운을 거두세요. 우 호법님."

"하지만 저 요물을……."

"이 녀석은 제가 알아서 하겠습니다. 기운을 거둬 주세요, 우 호법님."

"끄응……."

초류향이 이렇게 진지하게 말하는데 우 호법으로서는 거절할 명분이 없었다.

잠시 갈등하던 우 호법은 결국 기운을 거두며 한 걸음 물러섰다.

공손천기가 없는 지금.

초류향의 명령은 그에게 있어서 절대적이기 때문이다.

푸쉬쉬—

사방에 들끓던 열기가 가라앉으며 모락모락 김이 피어오르기 시작했다.

그러자 막수가 기운을 거둔 우 호법을 바라보며 살살 놀리기 시작했다.

[뭐야? 벌써 포기하는 거냐, 영감? 겨우 그거밖에 안 되는 놈이었어? 내가 네 소중한 소교주의 목을 지금 당장 비틀어 버릴 수도 있잖아? 응? 좀 더 힘을 내 보라고.]

"네 이노옴!"

우 호법의 눈이 다시금 뒤집어지려고 할 때.

초류향이 버럭 소리쳤다.

"우 호법님!"

"예엡!"

"일단 진정하시지요."

초류향은 우 호법을 내리눌러 준 후, 막수를 바라보며 입을 열었다.

"많이 심심했나 보지?"

[……흥.]

막수는 기운을 거두지 않은 채로 코웃음을 치며 고개를 옆으로 돌렸다.

그런 막수를 바라보며 초류향이 웃었다.

"심심하면 나와 놀아 볼까?"

막수의 두 귀가 작게 움찔거렸다.

그리고 초류향을 향해 눈을 마주치며 히죽거렸다.

[그새 알량한 힘 좀 얻었다고 자신감이 붙었느냐, 애송이? 상대방의 힘을 파악할 줄도 모르는 동태눈깔은 아닐 거라 보았는데? 내 착각이었나?]

초류향은 고개를 끄덕이며 말했다.

"네가 강한 건 나도 안다. 아마 천하에서 너를 상대할 만한 인간은 없을 거다."

막수는 두 발로 버티고 서서 팔짱을 낀 자세를 취하며 비웃었다.

[호오? 그걸 그렇게 잘 알면서도 나를 도발하다니…… 미친 거냐?]

"힘으로 하게 되면 물론 너에게 상대가 되지 않겠지. 아직은 나 역시 부족한 상태니까. 지금의 무력으로는 네 심심풀이 놀이 상대나 겨우 될 수 있을까 말까겠지?"

[흐음? 제법 정확하군. 그래서?]

"다른 것으로 붙어 보겠는가?"

[다른 것?]

막수가 호기심을 보이자 초류향은 장난스럽게 웃었다.

第七章

내기 바둑

초류향은 허공섭물로 저 멀리 떨어져 있는 무언가를 가져와 막수 앞에 내려놓으며 입을 열었다.

"이것을 해 볼까 하는데, 어때?"

초류향이 가져온 것.

그것을 내려다보는 막수의 눈빛에는 강한 자신감이 엿보였다.

[애송이 너는 나를 잘못 보았다.]

막수는 초류향이 가져온 물건을 보며 그를 비웃었다.

네모반듯한 나무판.

그 위에 가로세로로 촘촘히 새겨진 열아홉 개의 줄.

초류향이 가져온 것은 바로 바둑판이었다.

[바둑을 두자는 거냐, 나와?]

초류향은 가져온 바둑판을 가볍게 쳐서 먼지를 털어 내며 입을 열었다.

"그래. 어차피 무력으로는 너를 제압할 수 없으니까."

인정할 것은 인정해야 한다.

지금의 막수는 인간이 어떻게 해 볼 수 있는 수준이 아니있다.

과거의 힘을 완전하게 회복하고 인간의 힘으로는 도저히 감당할 수 없는 초월적인 존재가 된 것이다.

[무력으로는 나에게 안 되지만 바둑으로는 자신이 있다, 이 말이냐?]

"그런 셈이지."

[푸흐흐. 우습구나, 애송이. 네놈은 바둑의 기원을 제대로 알기나 하고 그런 소리를 하는 것이냐?]

바둑의 기원?

초류향은 고개를 갸웃거렸다.

"요순 황제가 기원이 아니었나?"

[인간들은 뭐든 좀 오래됐다 싶으면 그 변변찮은 놈들을 가져다 붙이더군. 어리석기 그지없다. 그러니까 너희들이 발전이 없는 하찮은 족속들이지.]

"……."

막수는 초류향을 신랄하게 비판하며 바둑판의 맞은편에 앉았다.

그 후 초류향을 깔보는 시선으로 응시했다.

입가에 그려진 거만한 미소.

그와 동시에 막수가 천천히 입을 열었다.

[바둑은 최초에 북두성군(北斗星君, 북두칠성을 다스리는 신선) 영감과 칠원성군(七元星君, 불교에서 말하는 칠성여래)들이 네모난 돌판에 별자리를 새기면서 시작된 것이다. 하찮은 인간들이 다루기엔 그 심오막측함이 광활하지. 천문(天文)의 오묘함이 이 작은 공간에 오롯이 담겨 있으니 쉬울 리가 있겠느냐?]

"그런가?"

[위대한 선인들이 하늘의 별자리를 논하기 위해 만든 것을 감히 인간 따위가 거론하다니, 네놈이 간이 부었구나.]

초류향은 뒷머리를 긁적였다.

막수의 설명이 너무 장황하고 길었다.

그가 기대했던 반응은 이런 게 아니었던 것이다.

[나는 하늘의 월궁에 있었고, 덕분에 북두성군 영감님과 바둑으로 붙을 일이 많았지. 내 바둑 스승이 바로 북두성군과 칠원성군이다!]

"……."

막수는 으스대는 얼굴로 초류향을 바라보았다.

내 스승님이 어떤 사람인지 알았으면 이제 알아서 기라는 표정.

하나 초류향은 그저 조금 지루해진 얼굴로 바둑판을 만지작거리며 툭 말을 내뱉을 뿐이었다.

"그래서? 자신 없나?"

너무도 뻔한 도발.

하나 막수는 크게 분노했다.

그는 자신의 앙증맞은 앞발로 바둑판을 가볍게 탁탁 치며 말했다.

[돌! 돌을 가져와!]

이거였다.

역시 이 녀석은 좋게 말을 받아 줄 필요가 없었다.

초류향은 자신의 도발에 쉽게 넘어온 막수에게 검은 바둑돌을 건네며 말했다.

"하늘의 선인께서 펼쳐 보이는 바둑이라는 게 과연 얼마만큼 대단할지 기대가 되는군."

막수는 자신이 받은 검은 돌을 보며 얼굴을 와락 일그러뜨렸다.

[어째서 내가 검은 돌이지? 네놈이 나보다 하수니까 네놈이 검은 돌을 받는 게 당연하지 않나? 흰 돌을 나에게 넘겨라, 어리석은 꼬마.]

초류향은 피식 웃으며 선선히 고개를 끄덕였다.

그리고 검은 돌을 자신의 앞에 두고 흰 돌을 막수에게 건네며 말했다.

"자신감이 정말 상당하군."

[크크크, 나에게 존경심을 가지게 해 주마. 어리석은 인간.]

촤르륵—

막수는 흰 바둑돌을 만지며 미소 지었다.

그런 막수를 보며 초류향 역시 마주 웃어 주었다.

"가능하다면."

둘은 그렇게 각자 흰 돌과 검은 돌을 쥐고 바둑을 두기 시작했다.

우 호법은 갑작스럽게 벌어진 이 일련의 사태에 황당한 얼굴을 했지만, 곧 흥미진진한 얼굴로 상황을 지켜보기 시작했다.

바둑이라는 것이 당시에 흔히 즐길 수 있는 최고의 놀이이자 유흥거리였기 때문이다.

그리고 첫판은 의외로 쉽게 결과가 나왔다.

*　　　*　　　*

"의외로구만."

"그러게."

"사대 세가 놈들이 이렇게 호락호락하지는 않을 텐데?"

"나도 그게 의문이다."

전박은 주 호법과 마주 앉은 상태로 얼굴을 찡그렸다.

사대 가문.

그 수뇌부들이 예상보다 순순하게 초류향과의 면담에 응해 왔기 때문이다.

주 호법은 뒷머리를 벅벅 긁으며 투덜거렸다.

"끙, 찜찜하구먼."

"아무래도 상대가 상대니까."

사대 가문의 수뇌부들은 절대 멍청이가 아니었다.

그들이 이렇게 아무런 저항도 없이 소교주와 마주한다?

초류향이 마음먹기에 따라서 그들 모두를 도륙할 수도 있는데?

무슨 꿍꿍이가 있지 않은 이상 이렇게 일이 쉽게 풀릴 리가 없었다.

"어찌 되었든 잘된 일이지."

주 호법은 고개를 좌우로 저으며 자리를 털고 일어섰다.

이건 고민한다고 해서 답이 나오는 문제가 아니었다.

시간 낭비인 것이다.

전박 역시 거기까지 생각이 미쳤는지 탁자에 놓인 찻잔을 만지작거리며 말했다.

"소교주님께 갈 생각인가?"

"그래야지. 소교주님도 하루빨리 이 일을 마무리 짓고 싶어 하실 테니까."

초류향은 정신없이 어지러운 천마신교를 하루바삐 안정시키고 교주가 되어야 했다.

그래야 이 모든 거지같은 상황들이 안정될 테니까.

내부에서 서로 제 살 깎아 먹는 어리석은 행동은 이제 멈출 때가 된 것이다.

'지금은 천하로 눈을 돌려야 할 때다.'

주 호법이 그렇게 마음 먹고 초류향에게 보고하러 가기 위해 자리에서 일어섰다.

그러자 전박이 품에서 무언가를 꺼내어 앞으로 내밀었다.

"가는 길에 전해 드리게."

"무슨 내용이지?"

"북해빙궁과 남만야수문이 정도맹과 치고받고 싸우는 중이라더구만."

전박의 말에 주 호법의 눈이 반짝거렸다.

"그거 간만에 아주 좋은 소식이군."

"좋은 소식이지."

"내가 소교주님께 전해 드리지."

주 호법이 발걸음도 가볍게 바깥으로 나가자 전박이 홀로 중얼거렸다.

"사대 가문이 이렇게 쉽게 교주 자리를 양보할 리가 없지…… 그렇게 생각하지 않느냐?"

『그렇습니다.』

어둠 속에 숨어서 전박을 호위하는 그림자.

그가 대답하자 전박이 입을 열었다.

"찾아라. 그 녀석들이 무얼 믿고 이렇게 고분고분하게 나오는지 알아야겠구나."

『명을 받듭니다.』

그림자의 기척이 주변에서 사라지자 전박은 주판을 두들기며 생각에 잠겼다.

시간이 별로 없었다.

그가 먼저 사대 세가의 꿍꿍이를 발견할지 아니면 사대 세가가 먼저 계획을 실행할지는 알 수 없었다.

하지만 한 가지 확실한 것은 사대 세가가 분명히 무언가를 꾸미고 있다는 사실이다.

주판을 튕기는 전박의 손길이 신중하게 변하기 시작했다.

더 이상의 변수는 좋지 않았기 때문이다.

*　　*　　*

[하, 한 번만 물리자.]

막수는 자신의 귀여운 앞발을 부들부들 떨며 초류향에게 사정했다.

하지만 초류향은 일말의 동요도 없이 바둑알을 내려놓으며 말했다.

"이번이 세 번째다. 더 이상은 곤란하지."

[저, 정말 이번이 마지막이다. 한 수만 물러 줘라, 애송이.]

"애송이?"

막수는 초류향의 불쾌한 듯한 반문에 움찔하며 코끝을 몇 번 찡그리다가 입을 열었다.

[……한 번만 물러 다오, 인간.]

초류향은 고개를 저었다.

그리고 막수를 똑바로 바라보며 말했다.

"초류향."

[응?]

"내 이름은 초류향이다. 앞으로는 정확하게 이름으로 부르도록."

굴욕적인 주문이었지만 막수는 정신없이 고개를 끄덕였다.

그러자 초류향은 순순하게 바둑알을 뒤로 무르며 중얼거렸다.

"그냥 이쯤에서 깔끔하게 패배를 인정하는 것이 좋아 보이는데……."

[누, 누가 졌다는 거냐? 나는 아직 할 수 있다!]

"그래?"

초류향은 시큰둥한 얼굴로 다시 바둑을 두기 시작했고, 위기는 금세 또 막수를 찾아왔다.

탁—

검은 돌이 바둑판 위에 놓이자마자 막수는 깜짝 놀란 얼굴로 바둑판을 뚫어지게 바라보았다.

그리고 비명처럼 소리쳤다.

[이, 이이……! 이런 변이 있나!]

"오오!"

옆에서 지켜보고 있던 우 호법이 낮은 목소리로 감탄사를 터트렸다.

흰 돌을 사방에서 포위하고 있는 검은 돌.

그야말로 완벽한 한 수이지 않은가?

그 빈틈이 없는 모습을 보던 막수는 눈앞이 아득해짐을 느꼈다.

'어째서? 왜 내가 저걸 보지 못했지?'

이제 와서 후회해 봐야 이미 늦은 일이었다.

차마 다시금 뒤로 물러 달라고 말은 못 하고 막수는 초류향을 애절하게 바라보았다.

하지만 초류향은 흔들림 없이 지극히 평온한 얼굴로 입을 열었다.

"바둑을 두시는 위대한 선인께서는 어디 가신 건가? 아니면 더 이상 두실 마음이 없으신가?"

[…….]

이놈은 냉정했고, 또 잔인했다.

"패배를 인정하나?"

막수는 자신의 앞발로 얼굴을 가리며 작게 중얼거렸다.

[……이, 이건 말도 안 된다.]

"말은 안 되지만 현실이지. 어떻게 할 건가?"

초류향의 재촉에 막수는 전신을 바들바들 떨다가 곧 손에 앙증맞게 쥐고 있던 바둑돌을 아무렇게나 던졌다.

포기한 것이다.

초류향은 고개를 끄덕인 후 자신의 바둑돌을 바둑판 위에 올려놓고 막수의 흰 돌을 모조리 잡아먹었다.

막수는 그 잔인무도한 모습을 두 손 놓고 지켜봐야만했다.

'납득할 수 없다.'

바둑이라면 정말 자다가도 벌떡 일어날 만큼 좋아하지 않았던가?

게다가 막수의 곁에는 좋은 스승도 있었고, 스승과 함께 오랜 시간 동안 바둑을 두었기에 실력은 날로 일취월장했다.

그런데 고작 백 년도 못 사는 인간 따위에게 지다니?

분했다.

말로는 어떻게 표현하기조차 어려울 만큼 분한 것이다.

촤르륵—

하나 정작 초류향은 막수를 이긴 것에 별다른 감흥이 없는 모양이었다.

무덤덤한 얼굴로 바둑판에 놓여 있던 바둑돌을 하나씩하나씩 분류하며 중얼거렸다.

"역시 재미가 없군, 바둑이라는 것은. 이런 것을 왜 좋아하는지 모르겠다."

[…….]

"분한가?"

[건방 떨지 마라, 애송…… 아니, 초류향. 네놈은 고작 한 번 이겼을 뿐이다.]

"그건 그렇지. 세 번이나 물러 주면서 겨우 한 번 이겼을 뿐이지."

초류향이 비꼬며 고개를 끄덕이자 막수가 분노에 찬 음성으로 입을 열었다.

[좋다. 그럼 한 번 더 해 보자. 내가 아무래도 너무 방심한 것 같다, 초류향. 이 어르신께서 진지하게 상대해 주마.]

막수가 이를 부득부득 갈며 말하자 그를 물끄러미 바라보던 초류향은 슬쩍 웃으며 말했다.

"그냥 해 주면 재미가 없지."

[…….]

"어때? 내기를 하는 건?"

[내기?]

"네가 이기면 네가 원하는 것을 하나 들어주지. 반대로 내가 이기면 너는 내가 원하는 것을 들어줘야 한다. 이기는 쪽의 소원을 들어주는 거다."

막수는 고민했다.

이 작은 악마 놈은 정말이지 보통이 아니었다.

바둑 실력이 어느 정도나 될지도 확신이 서지 않았던 것이다.

'그래도…….'

막수는 자신이 질 거라는 생각은 들지 않았다.

방금 전의 바둑도 솔직히 한 끗 차이로 지지 않았던가?

처음부터 방심만 하지 않는다면 쉽사리 지지 않을 것이다.

그것이 막수가 내린 결론이었다.

[내가 어떤 것을 해 주길 원하지, 인간?]

초류향은 빙긋 웃었다.

"초류향이다, 내 이름은. 제대로 이름으로 부르기로 하지 않았던가?"

[……소원이 뭐냐, 초류향.]

전에도 느꼈던 것이지만 막수 이 녀석은 지나칠 정도로 다루기가 쉬웠다.

이제는 안쓰럽기까지 했다.

"왜 벌써부터 질 것이라고 생각하는 거지? 이기면 되지 않나?"

좌르륵―

정리한 바둑돌을 통에 쓸어 담으며 초류향이 묻자 막수는 고개를 저었다.

[만에 하나 내가 졌을 경우 네 입에서 터무니없는 개소리가 나올까 봐 그러는 거다. 나는 인과율을 어길 수 없는 위대한 존재니까.]

초류향은 바둑돌을 만지작거리며 고개를 끄덕였다.

"인과율이라…… 좋다. 그럼 내 소원은 인과율에 어긋나지 않는 범위 내라고 한정 짓도록 하지. 어때? 이 정도면 할 만한가?"

막수는 신중한 얼굴로 초류향을 바라보았다.

초류향 역시 그런 막수를 똑바로 응시했다.

그러다 막수가 무언가를 떠올렸는지 고개를 아방하게 갸웃거리며 입을 열었다.

[응? 그러고 보니 나는 인간 따위에게 빌 소원이 없는데? 그러면 내가 이겨도 얻을 것이 없잖아?]

초류향은 조금쯤은 똑똑해진 막수의 질문에 속으로 감탄하며 고개를 끄덕였다.

이것은 바보가 아니라면 당연히 떠오를 법한 의문이었으니까.

다행히 막수는 바보가 아닌 모양이었다.

"내가 진다면 너와 바둑을 계속해서 두도록 하지."

좌르륵―

[뭐? 그게 끝이냐?]

"넌 이 재미없는 바둑을 미칠 듯이 좋아하지? 만약 내가 진다면 네가 앞으로 원하는 만큼, 질리도록 바둑을 두어 주겠다."

[그게 내 소원이라고?]

막수는 황당한 얼굴을 해 보였다.

하지만 초류향은 진지하게 고개를 끄덕였다.

"네가 나에게서 얻어 갈 수 있는 건 그게 전부다. 나와 바둑을 더 하고 싶다면 이 조건을 받아들이면 된다."

[…….]

막수는 초류향의 이 뻔뻔하고 양심 없는 제안에 잠시 멍한 얼굴을 해 보였다.

대체 뭘 믿고 이런 제안을 한 걸까?

정말 이런 어처구니없는 조건을 자신이 받아들일 거라 생각한 걸까?

막수는 무덤덤한 얼굴의 초류향을 잠시 동안 바라보았다.

그리고 얼굴을 찡그렸다.

[좋다, 망할 놈. 한 판 더 해보자.]

인정하기 싫었지만 이놈은 정말 정확하게 자신을 꿰뚫어 보고 있었다.

막수는 바둑을 하기 직전까지 초류향의 교묘한 언변에 속으로 혀를 내둘러야 했다.

*　　*　　*

바둑이라는 것은 그 규칙이 매우 간단하다.

조금만 노력한다면 누구라도 쉽게 그것을 배우고 익힐 수가 있다.

단지 여러 가지 변수들에 익숙해지고 그때그때 상황에 맞게 능숙히 대응할 수 있게 되기까지 시간이 오래 걸릴 뿐이다.

하지만 초류향에게는 그것도 아니었다.

그의 입장에서는 오히려 간단한 일이었다.

정사각형의 규칙적인 바둑판에 놓을 수 있는 바둑알의 숫자는 매우 한정적이었고, 때문에 거의 모든 변수가 쉽사리 머릿속으로 계산이 되었다.

그랬기에 맨 처음 바둑이라는 것을 처음으로 접했을 때 초류향이 느낀 감정은 재미보다는 '지루함'에 가까웠다.

머릿속으로 몇십 수, 아니 몇백 수 앞까지 계산이 되어 버리니 초류향의 입장에서는 이미 '놀이'가 아닌 것이다.

놀이라는 것은 본디 앞이 어떻게 될지 모르는 치열함과 조마조마함이 있어야 하는데 초류향에게는 그런 것이 없었다.

물론 처음의 몇 수 정도는 그러한 것이 있긴 했다.

하지만 놓이는 바둑알이 점점 많아질수록 변수를 계산하기도 편해졌고, 바둑은 점점 지루해졌다.

바둑을 바둑으로 보는 것이 아니라 산법으로 봐 버렸기에 그런 것이다.

막수의 불행은 그런 초류향과 바둑으로 내기를 시작했다는 것.

거기에서부터 시작되었다.

*　　*　　*

공손아리는 초류향과 헤어지고 이화궁에 있는 본인의 처소에 돌아오자마자 몰래 짐을 싸기 시작했다.

이것저것 필요한 것들을 마구잡이로 챙겨 넣고 있을 때.

그녀의 수신이비인 린과 령이 들어왔다.

"지금 뭐 하세요, 소군주님?"

"응? 아, 아무것도 아니야."

"에이, 아무것도 아니긴요. 뭔가 수상한데요? 설마 그럴 리는 없겠지만…… 야반도주 준비 중이세요?"

"……!"

공손아리는 령의 장난스러운 말에 소스라치게 놀라며 모든 동작을 멈췄다.

그러자 린이 어이없다는 얼굴로 공손아리를 바라보며 입을 열었다.

"설마 이걸 들고 야반도주를 할 생각이셨어요?"

린이 손가락으로 가리키고 있는 것은 공손아리의 몸보다 족히 두 배는 커 보이는 거대한 짐 덩이었다.

공손아리는 자신이 힘들게 싸 놓은 짐 덩이를 아쉬운 눈길로 바라보며 입을 열었다.

"아무도 모르게 도망칠 생각이었어."

“저걸 드는 순간 이미 모두가 알게 되겠죠. 저희들은 뭐 허수아비인가요? 짐이 너무 많잖아요.”

린은 공손아리가 억지로 구겨 넣은 짐 덩이를 풀어 보며 혀를 내둘렀다.

“야반도주를 하는데 그릇은 왜 가져가는 거예요, 대체?”

“길에서 밥을 먹게 될 수도 있잖아.”

“길에서 노숙할 때 그릇을 종류별로 늘어놓고 드실 생각이셨어요?”

“으응…… 그러면 안 되는 거야?”

“하아…… 우리 소군주님을 어쩌면 좋으니.”

린은 고개를 절레절레 저으며 짐을 다 풀어 헤치기 시작했다.

공손아리가 그 모습을 이러지도 못하고 저러지도 못한 채 어영부영 바라보고 있을 때.

린이 입을 열었다.

“그런데 설마해서 묻는 건데, 저희들까지 떼어 놓고 가실 생각은 아니셨겠죠?”

“…….”

공손아리는 대답하지 못했다.

공손아리가 입을 다물고 우물쭈물하자 린은 짐을 풀다 말고 진지한 얼굴로 다가와 입을 열었다.

“저희까지 버리고 가실 생각이셨어요?”

“……나와 함께 있으면 불행해질 거야.”

슬픈 얼굴.

공손아리는 진심으로 그렇게 생각했다.

그랬기에 린은 가볍게 대답하지 않고 일단 령을 슬쩍 바라본 다음 다시 공손아리를 응시했다.

"저희는 소군주님과 떨어져 있으면 더 불행해져요. 아시잖아요."

"린……."

"그러니까 같이 가요. 어디를 가시든 따라갈게요. 저희는 소군주님의 수신이비니까."

공손아리가 새삼 감격한 얼굴을 해 보일 때.

령이 다가와 흩어 놓은 짐들을 하나하나 정리하다가 아무렇지도 않게 물었다.

"근데 소군주님."

"응? 왜?"

"소교주님과 대화가 잘 안 풀렸나 봐요?"

공손아리는 령의 질문에 뜨악한 얼굴로 말을 더듬거렸다.

"어? 어, 어떻게 내가 소교주님을 만나러 간 걸 알았어?"

"에이, 저희가 그걸 모르면 안 되죠. 소군주님을 따라가지 않은 건 혹시 두 분 사이에 방해가 될까 봐 일부러 그런 거였다고요."

콩—

"아얏!"

린은 령의 이마에 가볍게 꿀밤을 때리며 멋쩍은 표정을 지었다.

그리고 멍한 얼굴을 하고 있는 공손아리를 바라보며 입을 열었다.

"여자가 남자한테 차이면 대개의 경우 남자의 시선이 닿지 않는 곳으로 도망을 가려고 하죠."

"……."

"도와 드릴게요, 소군주님. 우리 한번 열심히 소교주님에게서 도망쳐 봐요."

"응……."

공손아리는 힘없이 웃어 보였다.

사실 혼자서 떠나는 강호는 무섭고 불안했었다.

그래도 다른 사람에게 피해를 입히면 안 된다는 생각에 정말 조용하게 도망칠 생각을 했던 공손아리였다.

'계속 여기에 있을 수는 없으니까.'

초류향.

그가 와서 사대 세가의 억류가 풀렸다.

그것만으로도 이미 그에게 충분히 도움을 받은 것이다.

더 이상 초류향에게 신세를 질 수는 없었다.

신세를 진다고 갚을 수도 없었고, 그럴 명분도 없어졌으니까.

공손아리는 서글픈 눈으로 멍하게 서 있었다.

그 모습에 린과 령은 서둘러 짐들을 정리하며 입을 열었다.

"그리고…… 짐은 저희가 다시 쌀게요. 이건 솔직히 너무했어요. 거의 이사 가는 수준인걸요?"

"……미안. 그럼 부탁할게."

린과 령은 짐 정리를 하면서 속으로 한숨을 내쉬었다.

내심 그녀들은 공손아리와 초류향이 잘되기를 진심으로 바랐다.

그게 그녀들에게도, 공손아리 본인에게도 좋았으니까.

그랬기에 밤중에 공손아리가 몰래 방을 빠져나가는 것을 보면서도 굳이 막지 않았던 것이다.

속으로 응원하며 기대를 하고 있었는데…….

'사람의 감정이라는 것은 인위적으로 되는 게 아니니까.'

어릴 때도 그랬지만 소교주는 지나치게 냉철했다.

옆에서 보기에 분명 그는 공손아리에게 마음이 있었다.

딴에는 잘 숨기겠다고 노력하는 것 같았지만 그런 일에 서투른 탓인지 아무리 숨기려고 해도 눈에 보였다.

항상 부자연스러울 정도로 공손아리를 피하고, 그녀를 어려워했으니까.

'착각한 건가?'

아무래도 판단을 잘못한 모양이었다.

린과 령은 지금 공손아리가 어떤 기분인지 알기에 조심스럽게 그녀에게 장단을 맞춰 주려고 했다.

사실 공손아리 본인이야 완전히 나가서 살 생각을 하고 있었지만 린과 령은 달랐다.

짧게 바람이나 쐬고 들어올 생각이었다.

'그래도 위에 보고 정도는 하고 가야겠지?'

앞으로 어떻게 될지 알 수 없었으니 흔적 정도는 남겨 놔야 했다.

린은 짐을 정리하면서 슬며시 그 시기를 엿봤다.

그리고 안전하게 그 흔적을 남긴 후 조금쯤은 편안한 마음으로 공손아리의 짧은 외출을 준비하기 시작했다.

*　　*　　*

코끝에 굵은 땀방울이 맺혔다.

자신이 언제 이렇게 땀을 흘린 적이 있었던가?

그 어떤 힘든 고난이 와도, 그 어떤 생명의 위기가 와도 이 정도로 힘겹고 어렵지는 않았던 것 같다.

막수는 코끝에 맺힌 땀을 제대로 닦을 생각도 하지 못한 채 바둑판에 몰입했다.

'이상하다.'

아무리 돌이켜 봐도 실수는 없었다.

한 수 한 수를 신중하게 두었고, 돌을 내려놓으면서도 집중력을 잃지 않았다.

그런데…….

'대체 어쩌다가 이 지경이 된 거지.'

막수는 바둑판의 절반 가깝게 채워진 검은색과 흰색의 바둑돌을 바라보며 얼굴을 찡그렸다.

어디서부터 무너진 걸까?

제대로 눈치채지도 못하는 사이에 바닷물에 쓸려 나가는 모래성처럼 조금씩조금씩 허물어진 모양이었다.

막수는 절망적인 얼굴을 하다가 힐긋 고개를 들어 초류향을 바라보았다.

이 악마 같은 놈은 처음이나 지금이나 별반 표정의 변화가 없었다.

자신처럼 의욕적으로 달려들지도 않았고, 그렇다고 무언가 조마조마한 듯한 느낌도 없었다.

그저 물처럼 고요했다.

그 덤덤하고도 평온한 얼굴이 막수에게는 엄청난 부담으로 다가왔다.

코끝에 맺혀 있던 땀방울을 앞발로 닦아내며 막수가 입을 열었다.

[인간이 이 정도의 기예를 몸에 담으려면 대체 얼마나 많은 바둑을 두어 봐야 하는 거냐?]

촤륵—

초류향은 바둑알을 만지작거리다가 막수를 응시했다.

어떻게 대답해야 할까?

사실 초류향은 바둑을 그리 많이 두어 보지 않았다.

그저 그 규칙만 완벽하게 머릿속에 그려 넣었을 뿐이다.

그것이면 족했으니까.

"내가 얼마나 많이 바둑을 두었는가가 이 승부에서 중요한가?"

[……그건 아니지.]

그랬다.

이건 저 얄미운 놈의 말이 맞았다.

초류향이 과거에 얼마나 많이 바둑을 두었는지, 얼마나 많은 공부를 했었는지는 지금 중요하지 않았다.

오로지 승리와 패배만이 있을 뿐이다.

그리고 패배한 쪽은 이긴 사람의 소원을 들어줘야만 했다.

진 것도 억울하고 분하겠지만 상대방의 소원까지 들어줘야 하는 이중의 고통이 있었다.

'이대로 가면 진다.'

막수 역시 초류향만큼은 아니었지만 몇십 수 앞 정도는 내다볼 수 있었다.

그랬기에 그의 눈에도 보였다.

지금의 이 흐름대로라면, 이대로 저 의욕 없어 보이는 놈이 실수라도 하지 않는 한 이번 판은 지게 될 것이다.

아주 천천히, 소리도 없이 야금야금 쓰러져 버리는 것이다.

차라리 압도적이면 모르겠는데 그것도 아니었기에 더욱 마음이 쓰렸다.

막수가 팽팽 돌아가는 눈을 멈추며 돌을 움직였다.

'변화가 필요해.'

그러기 위해서는 약간의 도박이 필요했다.

상대방이 예상하지 못하는 수.

위험부담이 있더라도 그런 공격을 감행해야 하는 것이다.

탁—

막수는 상대방의 진영이 밀집해 있는 곳에 서슴없이 돌을 들이밀었다.

그때까지의 흐름과는 전혀 상관없는 뜬금없는 공격이었기에 초류향이 무언가 반응이라도 할 줄 알았는데 그런 것은 전혀 없었다.

탁—

초류향은 조금도 망설이지 않고 다음 돌을 놓았고, 상황은 막수에게 더더욱 좋지 않게 흘러갔다.

이해가 되지 않았다.

처음부터 마치 그곳에 둘 줄 알았다는 듯이 초류향은 일말의 망설임도 없이 다음 돌을 두지 않는가?

'이건 이상하다.'

아니, 처음부터 확실히 이상했다.

뭔가를 놓치고 있다는 느낌이 막수의 뒤통수를 강하게 때려 왔다.

그리고 잠시 고민하던 막수는 곧 눈을 부릅뜨며 초류향을 바라보았다.

[그, 그러고 보니 네놈…… 여태껏 단 한 번도 고민해서 돌을 둔 적이 없구나.]

막수는 돌 하나를 내려놓을 때도 신중에 신중을 거듭하느라 상당한 시간을 소모했다.

그런데 저놈은 어떤 상황에서든 고민도 망설임도 없지 않았던가?

막수의 돌이 바둑판에 놓이기가 무섭게 돌을 움직였던 것이다.

'이건 무언가 잘못되었다.'

아무래도 이상하다.

아무리 실력 차이가 월등하게 난다고 하더라도 바둑판에서는 신중하게 고민을 해야 실수를 하지 않는 법이었다.

그런데 이놈은 그런 게 없었다.

고민도 없었고, 망설임도 없는데 실수가 전혀 없다?

"시간을 끌지 않는 것이 규칙상 문제가 되나?"

[…….]

초류향이 고개를 갸웃거리며 되묻자 막수는 꿀 먹은 벙어리가 되었다.

시간을 끌지 않았다고 해서 앞으로 시간을 끌라고 하는 것도 우스운 이야기가 아닌가?

막수는 무언가 이상하다는 것을 깨달았지만 딱히 그것을 문제 삼기 어려웠기에 입을 다물었다.

'속도가 빠르긴 하지만 분명 아무 생각 없이 두는 건 아니다.'

바둑에는 속도전이라는 것도 있다.

규칙은 간단하다.

생각할 시간을 주지 않고 빠르게 바둑알을 내려놓는 것이다.

이럴 경우 서로가 큰 그림만 보기 때문에 필연적으로 자잘한 실수가 생기기 마련이라 승부가 빨리 결정 난다.

그런데 저놈은 가만 보면 그것도 아닌 것 같았다.

속도도 엄청나게 빠르면서 공격 하나하나에 빈틈이 없었다.

그 사실을 깨닫자 막수는 작게 전율했다.

'이놈 완전히 괴물이잖아?'

그의 바둑 스승들도 이 정도까지는 아니었던 것 같았다.

막수가 잠시 멍청하게 초류향을 바라보고 있을 때.

초류향이 입을 열었다.

“포기하는 건가?”

막수는 초류향의 말에 퍼뜩 정신을 차리며 허둥거렸다.

[그럴 리가.]

상대방이 어느 정도나 되는 괴물인지는 이제 확실히 인지했다.

문제가 있다면 그걸 너무 늦게 깨달았다는 점이다.

저런 괴물이라는 것을 사전에 알았다면 이런 말도 안 되는 내기는 애초에 하지 않았을 것이다.

막수는 복잡한 마음을 애써 수습하며 바둑돌을 움직였다.

탁—

마음이 번잡하니 자연스럽게 조급해졌고, 조급한 마음은 곧 실수를 불러오기 시작했다.

그렇게 막수는 초류향이 의도한 대로 서서히 무너지기 시작했다.

[…….]

막수는 고개를 숙인 채 바둑판을 바라보지 못했다.

결국 최후의 순간이 다가온 것이다.

더 이상 어떻게도 수습을 할 수 없는 그런 순간.

앞발로 바닥을 딛고 좌절한 자세를 취하고 있던 막수가 결국 나지막이 입을 열었다.

[……네놈 소원이 뭐냐.]

초류향은 장난스럽게 빙긋 웃었다.

곁에서 줄곧 둘을 지켜보던 우 호법은 오늘따라 초류향의 미소가 악마같이 느껴진다고 생각했다.

第八章

화령과 만나다

이튿날 초류향은 눈을 뜨자마자 의관을 제대로 갖추고 바깥으로 나섰다.

문을 나서자 그를 기다리고 있던 운휘와 노진녕이 그를 따라 걷기 시작했다.

얼마를 걸었을까?

주변을 이리저리 살피던 노진녕이 조심스럽게 입을 열었다.

"저…… 주군."

"예. 말씀하십시오."

"그 작은 괴물 놈은 어디 갔습니까?"

막수의 행방을 묻는 것이다.

항상 초류향의 뒤를 어슬렁어슬렁 좇아다니는 그놈의 모습이 보이질 않으니 오히려 불안해진 모양이다.

"잠깐 어딘가로 보냈습니다. 아마 한동안은 돌아오지 않을 겁니다."

초류향이 빙그레 웃으며 말하자 노진녕은 가슴을 쓸어내리며 입을 열었다.

"휴, 그거 듣던 중 참으로 반가운 소리입니다. 하하, 사실 항상 긴장하고 있었거든요."

"그러셨습니까?"

"예. 헤헤."

노진녕은 헤프게 웃으며 크게 안도했고, 묵묵하게 이야기를 듣고 있던 운휘는 도리어 의아한 눈을 해 보였다.

"그 녀석이 주군의 말을 순순히 듣는 겁니까?"

그놈의 힘은 운휘와 노진녕도 어느 정도 짐작하고 있었다.

초류향이 강한 것은 맞지만 막수는 그로서도 감당이 되지 않는 괴물이라는 것쯤은 그들도 이미 알고 있었다.

그런 녀석을 어떻게 길들인 것일까?

궁금했다.

"녀석과 내기를 했습니다."

"내기요?"

"예."

노진녕은 초류향의 말에 크게 감탄하며 긍정했다.

"히히힛, 하긴 내기 하면 누구도 우리 주군을 따라올 수가 없죠. 그 괴물 녀석도 별수 없었겠네요? 그것참 쌤통이다!"

초류향은 노진녕의 지나치게 솔직담백한 말에 잠깐 씁쓸하게 웃으며 말했다.

"예. 제가 놈을 보기 좋게 속여 넘겼습니다."

운휘는 말실수한 노진녕에게 눈치를 줬지만 그는 자신이 무엇을 잘못했는지 전혀 몰랐다.

그저 여전히 헤프게 웃으며 순수하게 감탄한 얼굴로 초류향을 바라볼 뿐이다.

그 악의 없는 얼굴에 운휘는 한숨을 내쉬었고, 초류향은 희미하게 웃으며 대꾸해 주었다.

"아마 지금쯤 이를 갈고 있을 겁니다."

"우헤헤! 그것참 고소한 말씀이십니다, 주군."

노진녕은 기뻐하고 운휘는 고개를 저으며 초류향의 뒤를 바짝 쫓았다.

운휘의 몸은 하루가 다르게 회복이 빨라지고 있었다.

아무래도 휴식이 절대적으로 필요한 상태였기에 안정을 취하게 되자 곧장 몸의 회복 속도가 올라간 것이다.

"북해빙궁과 남만야수문이 중원에 진출했다고 합니다."

초류향은 어제 밤늦게 찾아온 주 호법의 전언을 듣고 기분이 좋아졌다.

그들끼리 내분이 일어난 것은 초류향의 입장에서 보기에 확실히 좋은 징조였기 때문이다.

"정도맹과 싸우고 있겠군요."

운휘가 말하자 초류향은 고개를 끄덕였다.

남만야수문도 그렇고 북해빙궁도 그렇지만, 중원에 진출하기 위해서는 필연적으로 정도맹과 부딪칠 수밖에 없었다.

그 과정에서 정말 수없이 많은 사람들이 죽어 나가고 있을 게 분명했다.

"제가 그들과 만나지 않고 교에 복귀할 수 있었던 이유가 아무래도 이거였던 모양입니다."

상당히 먹음직스러웠던 초류향을 포기하면서까지 그들이 노렸던 것.

그것은 바로 중원의 땅이었다.

운휘는 고개를 끄덕였다.

"북해빙궁의 오랜 숙원은 분명 얼지 않는 땅을 확보하는 것일 테니 충분히 이해가 가고, 남만야수문 역시 중원의 금은보화(金銀寶貨)를 항시 탐내고 있었으니 이해가 갑니다."

하지만 이해가 된다는 말과는 다르게 운휘의 표정은 아리송해 보였다.

초류향은 그런 기색을 읽었기에 바로 질문을 던졌다.

"다른 무엇이 궁금하십니까?"

"이런 상황에서 흑월회가 무엇을 하고 있을지 궁금해졌습니다. 그들이라면 분명히 이득을 보기 위해 발 빠르게 움직이고 있을 테니까요."

초류향은 고개를 끄덕였다.

확실히 냉하영이라면 지금 상황에서도 이리저리 바쁘게 저울질해 가면서 철저하게 이득이 되는 방향으로 움직이고 있을 터였다.

"그들은 그들만의 생존 방식을 찾았을 겁니다. 지금처럼 혼란스러운 천하가 그들이 가장 원하는 형태니까요."

그들이 누구의 손을 들어 주느냐에 따라서 천하의 그림이 바뀌게 될 것이다.

잠시 머릿속으로 냉하영의 모습을 그리던 초류향은 약속한 장소에 도착하자 걸음을 멈춘 후 작게 입을 열었다.

"두 분은 여기서 기다려 주세요. 그들과의 약속대로 이곳부터는 저 혼자 들어가겠습니다."

운휘와 노진녕은 크게 당황했다.

초류향의 말이 너무나 갑작스러웠던 것이다.

게다가 둘은 사대 세가를 믿지 못했다.

"그건 너무 위험해 보입니다. 놈들이 안에 무슨 수작을 부려 놨을지 모릅니다, 주군."

운휘가 걱정스럽게 말하자 노진녕도 고개를 끄덕이며 동의했다.

따라가야 했다.

무슨 위험이 있든지, 아니 오히려 무슨 위험이 있을지 모르기 때문에 따라가서 초류향을 도와야 했다.

화경의 고수 셋이 움직인다면 안에서 무슨 일이 벌어지더라도 대처할 수 있었다.

하지만 초류향은 고개를 저었다.

"여기서부터는 서로에 대한 신뢰의 영역입니다. 저들이 제가 제의한 것을 받아들였으니 일단 저도 그에 맞는 모습을 보여 줘야겠지요. 그렇게 해서 서로 신뢰를 쌓아 가는 게 맞습니다."

이것은 차후에 교주가 된 이후를 위해서도 꼭 필요한 과정이었다.

초류향은 담담하게 말했지만 운휘와 노진녕은 계속 불안한 얼굴을 해 보였다.

"하지만……."

사대 세가는 결코 호락호락하지 않았다.

그들이 만약 무언가 음모를 꾸몄다면 지금이 바로 적기였다.

"저 안에서 무언가 소란이 생기면 이곳에서도 금방 알 수 있을 겁니다. 두 분은 여기에서 대기하다가 만약의 경우 들어오시면 됩니다. 그러니 이 부분에 대해서는 더 이상 거론하지 않겠습니다. 이곳에서 기다려 주세요."

초류향은 운휘와 노진녕이 이 문제에 대해 더 이상 논할 수 없게 단호하게 말한 후 안으로 들어섰다.

사실 운휘와 노진녕이 걱정하는 마음도 이해는 갔다.

하지만 초류향은 현재 이 세상에 자신을 해칠 수 있는 것이 많지 않음을 알았기에 오히려 느긋했다.

사대 세가가 정한 장소.

천마의 무덤이 있다고 알려진 천마검협지(天魔劍峽地)에 들어선 초류향은 잠시 움찔했다.

'뭐지?'

초류향이 알기로 천마검협지는 천마신교 내에서는 몇 안 되는 중요한 성지(聖地, 성스러운 땅)로 통했다.

종교적인 의미로도 그렇고, 천마신교 역사적으로도 그곳은 성지가 되기에 충분했다.

천마의 유해가 이곳에 있을뿐더러, 그 외에도 그가 비밀리에 남겼다는 무공의 잔재들이 가득한 곳이기 때문이다.

그리고 천마검협지의 입구에는 역대 천마신교의 교주들의 위패가 모셔져 있는 조사동이 있었다.

조사동조차도 애초에 아무나 들어올 수 없는 장소였지만 오늘은 특별하게 장소가 개방되어 있었다.

안으로 들어갈수록 초류향의 표정은 점점 신중하게 변했다.

'아무도 없다.'

약속 시간이 다 되어 가는데도 근방에는 아무도 없었다.

사대 세가에서 정한 장소였고 시간 역시 그들이 정했는데도 이곳에 아무도 없다는 것은 충분히 수상쩍은 느낌을 주었다.

'확인해 볼까?'

초류향은 자신의 실력을 믿었지만 조심해서 나쁠 것은 없다고 생각했다.

때문에 그는 망설이지 않고 남들 눈에는 보이지 않는 붉은색 거대한 눈을 머리 위로 띄웠다.

우웅—

초류향은 최대한 느긋하게 이동하며 주변을 살펴보기 시작했다.

지금 초류향이 막 발동한 심연술은 수라환경과 상당 부분 연계가 되는 술법이었다.

주변의 일정 범위를 '영역'으로 만들어 그 영역을 완전히 지배하는 것이 수라환경의 기본 요체였다.

심연술은 그것을 조금 더 정신적으로 확장한 결과물.

그것으로 주변을 꼼꼼히 수색해 보았지만 근처에는 사람이 없었다.

'역시 아무도 없다.'

단순히 일찍 도착한 것일까?

사대 세가의 수뇌부들이 단지 늦게 오는 것뿐이라면 신경 쓸 필요가 없겠지만, 마냥 그렇다고 믿는 것은 너무 순진한 생각일 것이다.

서서히 약속 장소에 가까워질 무렵.

초류향은 움찔하며 몸을 떨었다.

'관?'

대리석으로 만들어진 관.

그것이 지금 약속 장소 한가운데 떡하니 놓여 있었다.

초류향은 정신을 집중했다.

사대 세가가 무언가 수작질을 부려 놨으리라는 점은 짐작했지만 관을 가져다 놓다니?

이게 무슨 말도 안 되는 짓이란 말인가?

'안에 무엇을 숨겨 놓았지?'

무엇을 숨겨 놓았기에 이렇게 자신만만하게 관만 놔둔 것일까?

오히려 살짝 기대가 되었다.

초류향이 서서히 정신을 집중하자 붉은색 눈 역시 관을 집중해서 바라보기 시작했다.

그러다 얼마 후 초류향은 제자리에서 움찔했다.

"이건……."

초류향의 얼굴에 순간적으로 여러 가지 감정들이 스쳐 지나갔다.

그리고 그것들이 다 지나가자 초류향은 그 어느 때보다 빠르게 몸을 날렸다.

관 안에 무엇이 있는지 보았기 때문이다.

대리석 관으로 순식간에 다가간 초류향의 얼굴이 복잡하게 일그러졌다.

'화령……."

생명의 기색은 전혀 느껴지지 않았다.

관 안에 있는 것은 화령의 시신인 것이다.

초류향은 얼굴을 일그러뜨렸다.

'침착해라.'

결국 화령은 죽었다.

이미 그럴 것이라 예상했고, 확신도 하긴 했지만 그것이 막상 사실로 다가오자 처참한 마음이 들었다.

초류향은 사대 세가가 이렇게 화령의 시신을 여기에 가져다 놓은 의미를 생각하며 고개를 끄덕였다.

이건 누가 봐도 명백한 화해의 요청이 아니겠는가?

'현명하군.'

안 그래도 화령의 행방에 대해 사대 세가에게 물어보려고 했다.

그리고 가능하다면 그 죽음에 대한 책임을 물으려고 하지 않았던가?

그런데 미리 알고 이렇게 준비해 둔 것을 보면 과연 사대 세가는 우습게 볼 만한 곳이 아니었다.

'여기에서 덮자는 건가?'

어떻게 해야 할까?

그들의 의도대로 이 일을 여기에서 덮어야 할까?

초류향은 복잡 미묘한 심정이 되었다.

드르륵—

대리석 뚜껑을 옆으로 가볍게 밀어낸 뒤 초류향은 그 안에 누워 있는 화령을 바라보았다.

이상할 정도로 차가운 냉기가 관에서 흘러나왔지만 초류향은 그것을 별로 의심스럽게 생각하지 않았다.

시신을 부패시키지 않기 위해 일부러 냉각해 놓는 일은 흔했으니까.

평소의 초류향이었다면 여기서 한 번 정도는 이 상황을 의심스럽게 생각할 수도 있었겠지만 지금은 아니었다.

'미안합니다.'

초류향은 화령의 시신을 바라보며 슬픈 얼굴을 해 보였다.

어떤 변명을 해도 소용없었다.

화령은 자신 때문에 죽은 사람이었다.

그래도 시신이라도 이렇게 깨끗하게 보존해 주었으니 그나마 다행이었다.

초류향은 잠자는 듯이 눈을 감고 누워 있는 화령을 바라보다 문득 손을 뻗었다.

막 화령의 손을 잡기 직전 초류향은 불현듯 한 가지 의문이 떠올랐다.

'그런데 사대 세가가 어째서 화령의 시신을 이렇게까지 잘 관리했을까?'

초류향은 화령의 손을 잡으려다가 멈칫했다.

당시의 상황을 냉정하게 살펴보자면 화령의 시신은 사대 세가에게 있어서 그다지 큰 가치가 있지 않았을 것이다.

오히려 초류향의 행방을 알기 위해 화령에게 온갖 지독한 고문을 다 가했어도 전혀 이상하지 않았다.

초류향과 최후까지 함께했던 사람은 분명 화령이었으니까.

'너무 멀쩡하군.'

살짝 곤혹스러운 느낌이었다.

화령은 전혀 고문을 당한 것처럼 보이지 않았다.

초류향의 눈에 살짝 지금 상황에 대한 의심이 떠오를 때.

터억—

초류향은 갑자기 자신의 손을 잡는 서늘한 손길에 심장이 떨어질 만큼 깜짝 놀랐다.

잠자는 듯이 누워 있던 화령이 초류향의 손을 강하게 움켜쥔 것이다.

뿌드드득―!

강철이라도 우그러뜨릴 듯한 엄청난 괴력.

초류향은 손목에서 느껴지는 엄청난 압박감과 말도 안 되는 상황에 자신도 모르게 입을 벌렸다.

그때.

시체처럼 누워 있던 화령이 상체를 서서히 일으켰다.

이 불가사의한 광경은 평소에 냉철하고 이상한 일들을 많이 겪은 초류향에게도 심적으로 크나큰 충격으로 다가왔다.

"……!"

초류향이 경악에 가득 찬 표정으로 아무것도 하지 못하고 그저 멍하게 화령을 바라보고 있을 때.

화령이 천천히 고개를 돌려 초류향을 바라보았다.

그리고…….

번쩍―

화령이 감은 눈을 떴다.

그 진녹색의 눈과 마주치는 찰나의 순간.

초류향은 두 눈이 타들어 가는 듯한 강렬한 통증을 느꼈다.

'이건…….'

독이었다.

그것도 끔찍할 정도로 지독한 독.

초류향은 사방이 팽글팽글 도는 듯한 착각과 함께 서서히 제자리에서 무너지기 시작했다.

*　　　*　　　*

일 년 전.

초류향이 백치였을 무렵.

운휘가 미끼가 되어 사라지고 난 뒤.

화령은 선택을 해야만 했다.

'이대로는 오래 버틸 수 없어.'

사대 세가의 추적자들은 집요했고, 또 끈질겼다.

지척까지 다가온 그들의 추적은 운휘가 자신을 희생함으로써 어느 정도 떼어 낼 수 있겠지만 완전하지는 않을 게 분명했다.

'어떻게 해야 할까?'

고민은 했지만 역시 선택은 한 가지뿐이었다.

화령은 운휘의 희생으로 얻은 약간의 시간을 오로지 초류향의 안전을 위해 사용했다.

몇 번이고 지나온 길을 되돌아가 남아 있던 흔적을 지우고 다른 길 쪽으로 흔적을 만들어 놓았다.

게다가 계속해서 깊은 산 속으로만 이동했다.

여자의 몸으로는 분명 어렵고 힘든 길이었지만 화령은 조금도 마다하지 않았다.

오히려 점점 더 깊은 산중으로 이동하며 사람의 흔적들이 없는 곳만 찾아서 몸을 숨겼다.

그 와중에 화령은 운휘가 그랬던 것처럼 자신의 과거 이야기를 초류향에게 하기 시작했다.

제대로 된 대답도 하지 못하고, 함께 대화해 줄 수도 없는 초류향이었지만, 어쩌면 그러한 상태였기에 화령은 용기를 내어 초류향에게 말을 건넨 것일지도 몰랐다.

"저는 소교주님을 만나기 전까지만 해도 하나의 도구에 불과했어요."

도구에게는 생각이라든가 의문이라는 것이 필요 없었다.

그저 위에서 시키면 시키는 대로 하면 될 뿐인 것이다.

원하는 대로 맘껏 쓰다가 필요가 없어지면 버려지는 도구.

그것이 바로 화령이었다.

"소교주님께서는 저에게 제 생각을 물어봐 주셨지요? 부끄럽지만 그런 사람은 제 생애 처음이었습니다. 솔직히 감격했어요."

초류향의 입장에서 보자면 아주 사소한 것일지도 모른다.

그다지 깊게 생각하고 한 행동이 아니었을지도 모르고, 그것에 큰 의미를 부여하지 않았을지도 모른다.

하지만 그 작은 행동이 화령의 인생 전체를 송두리째 바꿔 놓았다.

"어쩌면 소교주님께서는 제가 너무 바보 같이 살아왔다고 생각하실지도 모릅니다. 지금 와서 돌이켜보면 저도 그런 생각이 들어요. 하지만 당시에는 그런 생각을 할 수 없었습니다. 그저 하루하루 살아가기에도 버거웠거든요."

초류향의 지저분해진 볼을 물에 적신 헝겊으로 닦아 주며 화령은 계속 입을 열었다.

"소교주님은 참으로 빛나는 분이십니다. 아무것도 모르는 제가 보기에도 소교주님은 매우 특별한 분이세요."

화령은 깨끗해진 초류향을 이리저리 살펴보며 작게 미소 지었다.

그녀의 웃음은 매우 낯설었고, 웃음이라는 것을 모르고 살아온 사람이 억지로 힘겹게 웃는 듯했기에 바라보고만 있어도 왠지 모르게 슬퍼지는 그런 웃음이었다.

"너무 뛰어난 분이기 때문에 소교주님은 적이 많아요. 그리고 그 적들은 힘이 너무 강해서 혼자서는 도무지 감당이 되지 않겠지요."

초류향이 손을 뻗어 화령의 손을 잡았다.

손끝을 타고 따스한 온기가 전해지자 화령의 눈동자가 급격하게 흔들렸다.

하나 이윽고 눈을 꾹 감고 흔들리는 마음을 부여잡은 화령은 천천히 초류향의 손을 떼어 내며 말했다.

"솔직하게 말해서 계속 소교주님 곁에 남아 있고 싶었어요. 소교주님의 곁에서 힘이 되어 드리고 싶었지만 이제 그게 어렵다는 것을 저도 알아요."

화령이 짐작하기에 추적자들은 분명 다시금 그들의 흔적을 찾아낼 것이다.

아무리 신중하게 움직이고 꼼꼼하게 움직여도 상대방 역시 이런 방면의 전문가들이 아니던가?

조만간일 것이다.

아니, 어쩌면 생각보다 더 빠르게 이 행복한 시간이 끝날지 모른다.

초류향은 어땠을지 모르지만 화령에게는 이 험난한 여정이 그녀의 생에서 가장 행복한 시간이라 생각되었다.

그리 길지 않은 인생이었지만 후회는 없었다.

마지막은 이렇게나 행복하지 않은가?

화령은 그렇게 생각했다.

"잠깐 다녀올게요. 아무래도 준비는 해야 하니까요."

초류향을 홀로 동굴에 남겨 둔 채 화령은 잠시 바깥으로 나갔다.

그리고 다시 동굴에 돌아왔을 때.

그녀의 어깨에는 어떤 남자의 시신이 들려 있었고, 그녀는 피투성이가 된 채로 비틀거리고 있었다.

쿵—

잠시 시신을 옆에 아무렇게나 던져 놓은 화령은 호흡을 고르다가 가까이 다가와서 걱정스럽게 자신을 바라보는 초류향과 눈이 마주쳤다.

동굴 전체에 진동하는 비릿한 피 내음.

그녀의 부상은 생각보다 심각했다.

'아직은…… 아니야.'

화령은 가까이 다가온 초류향을 잠시 복잡한 시선으로 바라보았다.

그러다 손을 뻗어 초류향의 볼을 쓰다듬으며 말했다.

“반드시 무사하셔야 합니다. 주인님.”

초류향은 고개를 끄덕거렸다.

화령은 그런 초류향을 바라보다가 고개를 끄덕이며 몸을 일으켰다.

그리고 초류향을 데리고 어딘가로 향했다.

깊은 산중에 있는 절벽을 마주하고 나서야 걸음을 멈춘 화령은 초류향을 돌아보았다.

“소교주님께서는 반드시 무사하실 거라고 저랑 약속하셨지요?”

초류향은 고개를 끄덕였다.

그러자 화령은 초류향의 손을 꼬옥 잡으며 작게 미소 지었다.

“월인도법이 소교주님을 보호해 줄 거라 믿어요.”

초류향이 무슨 말인지도 이해하지 못하고 고개를 갸웃거릴 때.

화령이 초류향을 절벽으로 밀었다.

초류향은 바닥을 향해 추락하면서 빠르게 멀어지는 화령의 얼굴을 바라보았다.

화령은 눈물을 흘리며 초류향을 바라보고 있었다.

이윽고 절벽 아래의 계곡물에 잠겨 초류향의 모습이 완전히 사라지자 화령은 자리에서 일어섰다.

‘지금부터가 중요해.’

소교주님을 살리기 위해서는 이제부터 그녀의 책임이 아주 막중했다.

화령은 내상약을 복용하고 최대한 몸을 회복하기 위해 노력했다.

어느 정도 몸이 회복되자 동굴까지 꼼꼼하게 초류향의 흔적들을 지운 후, 들쳐 매고 온 시신을 허리끈을 풀어 등에 업었다.

그리고 그 시신의 머리카락을 풀어서 얼굴을 완전히 가렸다.

이제 멀리서 보면 그녀가 등에 업고 있는 사람이 초류향인지 아닌지 분간할 수 없을 것이다.

화령은 천천히 이동했다.

'대략 반나절 거리.'

화령은 반나절이면 추적자들이 그들을 따라잡을 것이라 예상했다.

그 안에 할 수 있는 것은 다 해 볼 참이었다.

그래야만 초류향을 살릴 수 있을 테니까.

화령은 조심스럽게 주변을 살피며 이동하기 시작했다.

반나절 동안 최대한 멀리 가야 했다.

화령은 내력을 아끼지 않고 이동하는 데 주력했다.

그리고 반나절이 지나고도 두 시진(네 시간)을 더 버틴 화령은 결국 추적자들에게 완전히 포위되었다.

"지독한 계집."

"……."

추적자들은 분노하고 있었다.

그들은 그녀 때문에 엄청난 시간과 노력, 비용을 소모했던 것이다.

게다가 더욱 열 받는 것은 그렇게까지 했는데 결국 그녀의 농간에 놀아났다는 사실이었다.

"죽은 시체로 우리를 속여?"

화령은 추적자들을 가만히 바라보다 속으로 미소 지었다.

다행히 그녀의 계획은 제대로 먹혔다.

추적자들은 누군가를 등에 매고 달아나는 화령을 미친 듯이 추격해 온 것이다.

덕분에 자기들끼리도 어지럽게 길이 꼬였고, 그 과정에서 흔적들도 섞여 버렸으니 다시는 초류향을 찾지 못할 것이다.

"곱게 죽이지는 않겠다."

추적자들은 서서히 거리를 좁히며 포위를 견고하게 만들었다.

화령은 그런 그들을 가만히 내려다보다가 천천히 허리끈을 풀고 시체를 바닥에 내려놓았다.

추적자들이 그 갑작스러운 행동에 의아한 얼굴을 할 때.

화령은 두 손을 늘어뜨리며 방어를 완전히 포기했다.

"무슨……."

추적자들이 당황하고 있는 사이.

화령의 입가에서 검은색 핏물이 흘러나왔다.

"이런 망할! 독단을 깨물었다."

애초부터 화령은 저항할 생각이 전혀 없었다.

그저 추적을 따돌리는 것에 성공하면 자결할 준비만을 했을 뿐.

괜스레 사로잡히거나 한다면 최악의 상황이 벌어질 수도 있었으니까.

'부디 무사하시기를…….'

마지막까지 초류향의 모습을 뇌리에 그리며 그녀가 눈을 감았을 때.

근처에 있던 추적자 한 명이 빠르게 접근해서 그녀의 입을 벌리고 무언가를 쑤셔 넣었다.

씁쓸한 알약 같은 것이 입을 통해서 식도에 들어왔다.

"지독한 계집…… 결코 쉽게 죽이지 않겠다."

추적자들 중 누군가가 작게 중얼거리는 것을 마지막으로 화령은 정신을 잃었다.

그것이 그녀가 기억하는 마지막 장면이었다.

*　　*　　*

거대한 전각.

그 안에 모여 있는 네 명의 사람들.

그들은 아무 말도 없이 조용하게 앞에 놓여 있는 접시를 뚫어져라 바라보고 있었다.

접시 위에는 어른 손가락만 한 거대한 벌레가 놓여 있었는데, 그 벌레를 유심히 바라보고 있던 사람들은 어느 순간 동시에 감탄을 터트렸다.

벌레가 갑자기 부르르 떨더니 녹색 피를 토해 내며 죽었던 것이다.

"오호?"

"이게 신호라고 하셨소, 천 가주?"

사대 세가의 가주.

그중 천씨 가문의 주인 천태악이 고개를 끄덕였다.

"그렇소. 이제 독비가 깨어난 거요."

천태악의 말에 지켜보고 있던 다른 가주들이 흥미롭다는 얼굴을 해 보였다.

"계획이 성공할 것 같소?"

"그거야 두고 봐야지."

애써 담담한 척 말하고 있었지만 사실 천태악은 여기에 있는 그 누구보다도 가장 초조했다.

일이 실패했을 때 다른 가문들이야 자기들과 관계가 없는 일이라고 딱 잡아떼면 별문제 없을 수 있겠지만 그의 가문은 아니었다.

최악의 경우 멸문지화를 당할 수 있었다.

'하나 반대로 성공한다면 모든 것을 얻을 수도 있지 않은가?'

성공만 보장할 수 있다면 이건 그다지 나쁜 조건이 아니었다.

'아니, 충분히 해 볼 만한 도박이다.'

이번 일만 성공한다면 교주가 될 수 있다.

그렇다면 목숨을 걸 만하다고 여겼다.

'게다가…….'

이번에 준비한 것이 무엇인가?

전설의 무형지독을 사용할 수 있는 독비가 아닌가?

제아무리 뛰어난 고수라 하더라도 무형지독 앞에서는 아무런 소용이 없었다.

그것은 소교주 역시 마찬가지다.

천태악이 초조한 마음을 최대한 억누르며 침착하게 앉아 있을 때.

주변의 다른 가주들도 각자 복잡하게 머리를 굴리기 시작했다.

정말로 천태악이 소교주 암살에 성공하게 된다면?

여러 가지 과정을 거쳤지만 다들 결국에는 같은 결론에 도달했다.

'천씨 세가에서 교주가 나온다.'

아쉽겠지만 그의 가문에게 교주직을 양보해야 할 필요가 있었다.

지금 같은 상황에서 그들끼리 내분을 벌이는 것은 지나치게 위험했다.

적대적인 관계를 가진 우 호법이나 주 호법이 더 이상 지켜보지 않고 움직일 수도 있었기 때문이다.

만약에 그들까지 개입한다면 자칫 모든 것이 엉망이 될 수 있었다.

그것은 사대 가문도 원하는 바가 아니었다.

그들은 멍청이가 아니니까.

굳이 안전한 길을 어렵게 갈 필요가 없는 것이다.

'뭐, 결과를 지켜봐야 알겠지.'

천씨 세가를 제외한 나머지 세 가문은 약간의 흥분과 조금의 기대를 가지고 사태를 관망하기 시작했다.

*　　*　　*

화령은 고개를 갸웃거렸다.

자신이 두 눈을 뜨고 바라보면 보통 모든 것이 순식간에 녹아내렸다.

돌이든 쇠붙이든, 가리지 않고 뭐든지 녹여 버릴 수 있었던 것이다.

사람은 물론 말할 것도 없었다.

한데 지금 그녀의 손아귀에 있는 이 녀석은 무언가 달랐다.

'왜 사라지지 않지?'

평소대로라면 순식간에 한 줌의 핏물로 변해야 정상이었다.

한데 이 녀석은 끝까지 버텼다.

화령이 얼굴을 찡그렸다.

예상 밖의 사태가 마음에 들지 않았다.

그때 무릎을 꿇고 바닥으로 무너졌던 녀석이 팔로 땅을 딛고 무언가 중얼거리며 자리에서 힘겹게 일어섰다.

'왜?'

이상한 일이었다.

왠지 가슴이 답답해졌다.

화령이 자리에서 일어나 자신을 바라보는 초류향을 알 수 없다는 시선으로 물끄러미 응시할 때.

초류향은 그런 화령의 시선을 피하지 않았다.

그저 월인도법을 최대한으로 운용하며 오히려 그녀가 잡고 있는 손을 다시금 꽉 움켜쥐었을 뿐이다.

"……두 번 다시 놓지 않는다."

초류향은 손에 힘을 주며 화령에게 한 발자국 더 가까이 다가갔다.

서로의 숨소리조차 느껴질 만큼 가까이.

'왜 멀쩡한 거지?'

화령이 예상치 못한 초류향의 모습에 오히려 놀란 기색을 보일 때.

갑자기 초류향의 코와 입에서 가느다란 핏줄기가 흘러나왔다.

그 핏줄기는 점차 검붉게 변해 갔으며 조금 더 지나자 귀에서도 피가 흘러나오기 시작했다.

초류향은 그 상태에서도 꿋꿋하게 화령을 바라보며 미소 지었다.

화령의 얼굴에 의아함이 떠올랐다.

이 녀석은 결코 멀쩡한 게 아니었다.

내부에서부터 서서히 무너지고 있었던 것이다.

그런 주제에 억지로 무리해서 버티고 있었다.

'대체 왜?'

화령이 막 그런 의문을 품을 때.

초류향이 남은 한쪽 팔로 그녀의 어깨에 손을 올리며 벌겋게 웃었다.

"이제야…… 이 꼴이 되어서야 기억이 난다. 미안하게 되었다."

"……."

초류향은 어질거리는 정신을 필사적으로 수습하며 계속 말을 이었다.

그녀에게 반드시 해 줘야만 하는 말이 있었다.

"네 주인은 무사하다, 화령. 나는 약속을 지켰다."

"……!"

화령의 동공이 크게 흔들렸다.

그 순간.

초류향의 입에서 검게 죽은피가 왈칵 뿜어져 나왔다.

第九章

천 년의 계획

초류향이 지금 서 있는 이곳은 천마검협지였다.

천마 홍순원의 유해가 잠들어 있는 곳.

'뭐지?'

화령이 뿜어내는 독기에 정신을 잃기 직전.

초류향은 천마검협지가 묘한 진법과도 같은 형태로 이루어져 있는 것을 깨닫게 되었다.

왜 지금까지 눈치채지 못했을까?

혼란스러워하던 초류향은 흐릿한 시선으로 주변을 둘러보다 얼굴을 찡그렸다.

'이건 진법이면서도…… 진법이 아니다?'

괴상한 형태였지만 이와 비슷한 것을 과거에도 본 적이 있었다.

멀어지는 의식을 억지로 추스르며 초류향은 필사적으로 생각했다.
방금 전 굉장히 중요한 무언가를 본 것 같았기 때문이다.
'……스승님의 그것과 매우 유사하다.'
스승인 공손천기.
그가 가끔씩 사용했던 주술과 아주 비슷한 느낌이었다.
그것을 깨닫는 순간 초류향은 가슴이 철렁했다.
'여길 벗어나야 해…….'
초류향은 그제야 이 장소가 몹시 위험하다는 것을 깨달았다.
하나 이미 무언가를 시도하기엔 너무 늦어 버렸다.
월인도법의 단단한 방어막을 밀어내며 몸으로 파고드는 화령의 독기에 격렬하게 저항해 보았지만, 아무 소용이 없었던 것이다.
초류향이 힘없이 피를 토해 내고 정신을 잃었을 때.
그가 토한 피가 바닥에 닿자 땅에서 괴상한 문양이 떠오르며, 마치 심장이 뛰듯 주변 공간이 묘하게 진동했다.
두근―
그리고 허공에 떠오른 붉은색 문양.
그것은 곧장 초류향의 몸뚱이를 완전히 감싸 버렸다.
그렇게 변화가 시작되었다.
우드득―
제일 먼저 어깨뼈가 뒤틀렸다.
근육들이 찢어지며 부풀어 오르더니 초류향의 몸체가 급격하게 커지기 시작했다.

입고 있던 옷가지는 화령이 뿜어낸 독기 때문에 이미 모두 녹아 있었고, 하늘 아래 드러난 그의 맨몸뚱이는 빠른 속도로 두 배 가까이 근육이 불어 올랐다.

화령은 계속 눈을 깜빡이며 그 모습을 신기하다는 듯이 지켜보았다.

이상하게도 이 사람은 자신이 지켜보는데 녹아서 없어지지 않고 오히려 몸집을 불리고 있지 않은가?

이건 무언가가 잘못되었다.

그때.

꽈악—

자신을 붙잡고 있던 손에서 갑자기 강렬한 힘이 느껴지자 화령은 그 손길을 거세게 뿌리치며 몸을 뒤로 물렸다.

손목이 시큰거릴 정도로 아팠다.

그렇게 화령이 비틀비틀 뒤로 물러서며 손목을 주무르는데 연신 몸집을 불려 대던 초류향이 갑자기 모든 동작을 멈추더니 서서히 고개를 들었다.

자줏빛 광기 어린 눈동자.

초류향은 잠시 주변을 둘러보며 자신의 턱을 쓰다듬어 보았다.

"크크크, 이거 내 무덤에 온 게 천 년 만인가?"

오만한 얼굴.

날카롭게 튀어나온 송곳니를 한 번 쓰다듬는 그는 초류향이라는 탈을 쓰고 있었지만 이미 초류향이 아니었다.

지금의 상황을 이해하지 못한 채 눈앞에서 고개를 갸웃거리고 있는 화령을 잠시 바라보던 초류향은 히죽 웃더니 한 손을 펴서 그녀의 뺨을 거세게 후려쳤다.

짜아악—

쿠당탕탕—!

입술이 터져 나가며 화령이 저만치나 뒤로 밀려 나갔다.

하나 화령은 정신을 잃지 않았다.

오히려 사나운 얼굴로 자리에서 벌떡 일어나 초류향을 노려볼 뿐이었다.

하지만…….

"크흐흐, 못난 계집이로다. 그런 잔재주 따위가 나, 홍순원에게 먹힐 거라 보느냐?"

홍순원.

과거 천마신교를 만들었다고 알려진 천마(天魔)의 이름이 아닌가?

수라마정에 깃들어 있던 그가 어떻게 초류향의 몸을 차지한 것일까?

이유는 알 수 없었지만 그는 재미있다는 듯이 껄껄 웃음을 터트리더니 성큼성큼 다가가 화령의 머리채를 잡아 허공에 들어 올렸다.

"네년 덕분에 이 몸을 차지할 수 있었다. 그 점은 고맙다만 더 이상 까불면 곤란하지."

화령은 필사적으로 버둥거려 보았지만 아무런 도움이 되지 못했다.

홍순원의 몸에서 뿜어져 나오는 강렬한 먹빛의 기운은 그녀의 독기로도 제압이 불가능했던 것이다.

"이 정도면 첫 번째 제물로는 제법 괜찮겠군."

화령을 들어 올린 상태로 가만히 살펴보던 홍순원은 그녀의 볼을 혀로 길게 핥으며 사악하게 웃었다.

"피의 축제를 하기엔 아주 좋지 않으냐? 계집, 너를 나의 제단에 바쳐 주마. 크크크."

천마 홍순원의 살기로 번들거리는 눈빛에 화령은 자신도 모르게 몸을 부르르 떨었다.

그는 압도적인 포식자였다.

그의 절대적인 힘 앞에서 이 세상의 모든 존재들은 한낱 초식동물에 불과했다.

"정말 오랜 시간이었다. 내 진전을 온전히 이을 만한 놈을 기다리는 것도 힘들었지만, 그놈이 지금 내 무덤이 있는 장소에서 완전히 박살이 나야 했거든. 이 모든 일이 가능했던 것은 모두 네년 덕분이다. 아주 고맙구나."

천마 홍순원은 친절하게 설명해 주며 화령의 머리채를 잡아끌어서 어느 장소로 이동하기 시작했다.

그곳은 바로 천마의 유해가 잠들어 있는 곳.

천마검협지의 가장 중심부였다.

"이 몸뚱이는 거부감이 너무 심해서 말이야. 빨리 본래 몸으로 돌아가야겠다."

천마 홍순원은 공포로 굳어서 벌벌 떨고 있는 화령을 바라보다가 씨익 웃으며 발을 한 번 거세게 굴렀다.

쩌저적—!

바닥이 거북이 등껍질처럼 갈라지며 우르르 무너지기 시작했다.

그렇게 지하로 떨어져 내린 화령은 한동안 정신을 차리지 못하다가 어느 순간 고개를 들었다.

그녀의 앞에는 투명한 유리막 같은 것이 보였는데, 그 안을 자세히 들여다보니 그곳에는 살점이 하나 없는 백골이 있었다.

"크하하하! 이 얼마나 완벽한 계획인가! 드디어 천 년 만에 부활하겠구나."

천마 홍순원은 유리막 너머에 있는 자신의 뼈다귀를 바라보며 호쾌하게 웃었다.

그는 자신의 계획대로 일이 진행된 것이 너무도 기뻤다.

"무릇, 새로운 생명을 얻기 위해서는 살아 있는 생명을 바쳐야 하는 법."

화령이 겁에 질려서 부르르 떨고 있을 때.

홍순원은 천천히 손을 뻗어 화령의 머리통을 움켜쥐었다.

그리고 다른 쪽 손을 유리막 안으로 뻗어서 백골의 두개골 위에 손을 올렸다.

"그럼 대법을 실행해 보자, 아이야."

사실 홍순원은 지금 시간이 별로 없었다.

초류향의 의식을 반강제적으로 아주 잠깐 동안만 잠재워 두었기 때문이다.

그는 그 시간 내에 일을 끝내야만 했다.

'충분하지.'

홍순원은 음습하게 웃으며 알 수 없는 요상한 주문들을 읊어 대기 시작했다.

그러자 화령은 고통스러운 얼굴로 비명을 질렀다.

"캬아아악!"

그녀는 다급하게 손톱을 세워 자신의 머리를 움켜쥔 손을 할퀴기 시작했다.

치익—

치이익—

독기가 맺혀 있는 그녀의 손톱에 홍순원 팔의 피부가 녹았다가 재생되기를 반복했다.

하지만 홍순원은 전혀 개의치 않고 계속해서 주문을 외우고 있었다.

드디어 발악하고 있던 화령의 전신에서 힘이 쭈욱 빠졌을 무렵.

주문이 완성되기 바로 직전, 홍순원은 눈을 부릅떴다.

그리고 얼굴을 찡그리며 자신의 내부를 쏘아보았다.

"……네놈은 누구냐?"

그가 자기 자신에게 묻자 그 몸뚱이에서 지금까지와는 전혀 다른 카랑카랑한 음성이 흘러나왔다.

"이 몸뚱이를 같이 쓰고 있는 사람이지."

"……방해할 생각이냐?"

뿌드득—

홍순원이 이를 갈면서 말하자 카랑카랑한 목소리가 재미있다는 듯이 말했다.

"본래 내가 나서려 했는데 네 녀석이 끼어든 것이다. 이런 경우는 처음이라 숨죽이고 지켜보았는데 네 녀석 방통의 술법을 쓰더구나? 흥미로운 일이었다만 그것도 여기까지다. 더 이상은 곤란하지."

"이놈……."

홍순원은 부들부들 떨었다.

그가 차지한 몸뚱이에 전혀 다른 미지의 힘이 있었다.

그것은 너무나도 거대했고, 그러면서도 빈틈이 없었다.

어째서 이 힘을 눈치채지 못했을까?

'대체 어디에 숨어 있었기에 알아채지 못한 것이지?'

천마 홍순원이 분한 얼굴을 해 보일 때.

카랑카랑한 음성이 말했다.

"내 이름은 제갈량이다. 다시금 심연의 어둠에 사로잡힌다면 이 이름만은 꼭 기억해 두거라."

"어떻게 만든 기회인데, 내가 쉽게 당할 것 같으냐?"

"저항해 봐도 좋겠지."

홍순원은 필사적으로 기운을 끌어 올렸다.

그리고 초류향의 몸을 차지하기 위해 몸 내부에서 솟구쳐 오르는 보랏빛의 힘을 억누르기 시작했다.

하지만 그것도 잠시뿐이었다.

보랏빛의 기운은 교묘하게 홍순원의 약한 부분을 뚫고 나오며 서서히 몸의 지배를 빼앗기 시작했다.

"너와 나 같은 구시대의 망령은 세상에 다시 나와선 안 되는 것들이지……. 인과율을 어기려 하다니 욕심이 과했다, 방통의 후예여."

빠드득— 빠드득—

뼈와 뼈끼리 맞물리는 소리가 다시금 들리며 초류향의 몸뚱이에서 허물이 벗겨지듯 불필요한 근육들이 떨어져 나가기 시작했다.

"천…… 년을 기다렸거늘……."

너무도 허망했다.

천마 홍순원의 의식이 탄식과 함께 빠르게 멀어지고, 초류향의 몸뚱이는 본래의 크기로 돌아왔다.

잠시 우두커니 서 있던 초류향은 보랏빛 눈길을 번뜩거리며 주변을 둘러보았다.

무너져 내린 지하의 공터에는 유리로 만들어진 기괴한 관이 놓여 있었고, 그 주변에는 수없이 많은 보검들이 즐비했다.

하나 애초에 보검에는 관심이 없는 제갈량이었기에 무심한 시선으로 일별했을 뿐, 이내 천천히 몸을 일으켜 화령을 안아 들고는 훌쩍 뛰어올랐다.

단번에 백 장(삼백 미터) 높이를 뛰어오른 제갈량은 발끝으로 바닥을 톡톡 두들겼다.

그러자 지면이 가볍게 물결치듯 출렁였다.

쿠르릉—!

요란한 소리와 함께 지하의 구멍이 재빠르게 메워지더니 조만간 완전히 사라져 버렸다.

제갈량은 그것을 지켜보다가 맨몸뚱이인 그의 몸을 한 번 내려다보곤 작게 입을 열었다.

"그 멍청한 놈이 조급하게 나서지 않았더라면 너는 이곳에서 죽었을 것이다."

"……."

"운이 좋았다, 애송이."

제갈량은 화령을 옆에 뉘어 놓으며 먼 곳을 바라보았다.

저 먼 곳에서 누군가가 이쪽으로 접근해 오고 있었다.

운휘와 노진녕이었다.

그들은 주위를 둘러보다가 벌거벗고 있는 초류향을 발견하더니 눈을 부릅뜨고 후다닥 뛰어왔다.

"이, 이게 무슨 변고입니까? 소교주님?"

노진녕이 서둘러 자신의 겉옷을 벗어 초류향에게 건네주었다.

초류향은 그것을 받더니 이윽고 피식 웃으며 말했다.

"너희들이 고생이 많구나. 언젠가 합당한 보상을 받게 될 날이 올 게다."

"예?"

노진녕이 눈을 깜빡이며 의아한 얼굴을 할 때.

재빨리 한 팔을 들어 그의 앞을 막아선 운휘가 신중하게 입을 열었다.

"소교주님이 맞으십니까?"

날카로운 질문이었다.

초류향은 그 질문에 입가에 미소를 머금으며 대답했다.

"그것이 너희에게 중요한 것이냐?"

"중요합니다."

"아니라면 어쩌겠느냐?"

재미있다는 얼굴.

초류향의 탈을 쓴 제갈량은 겉옷을 대충 걸쳐 입으며 운휘를 바라보았다.

"운휘라 했더냐?"

"예."

운휘는 고요하게 초류향을 탐색했다.

확실히 소교주님과는 느낌이 전혀 달랐다.

무언가 고고하면서도 주변을 휘어잡는, 독특한 위압감이 풍겨 나왔다.

"어떻게 알아보았느냐? 몸뚱이는 똑같을 텐데."

"껍데기가 같다고 내용물까지 같지는 않은 것을 많이 보았습니다."

"호오? 그러하더냐? 제법 재미있는 이야기구나."

예민한 감각을 지닌 운휘였기에 단번에 이상하다는 낌새를 눈치채기는 했지만, 사실대로 말하자면 확신은 없었다.

그냥 한번 확인차 물어봤던 것이었다.

'전에도 느껴 보았던 감각이다.'

정면으로 마주했을 때 이렇게 막막한 느낌을 주는 존재를 과거에도 만나 본 적이 있었기에 의심할 수 있었다.

운휘는 마른침을 삼키고 정면을 보았다.

'공손천기 교주님.'

그와 단둘이 마주했을 때 느꼈던 강렬한 위압감.

그 강력한 느낌을 지금 초류향과 마주하면서도 느꼈다.

그랬기에 의심했던 것이다.

운휘는 아직 초류향이 그 경지까지는 도달하지 못했다고 여겼으니까.

"너는 스스로의 재능이 아깝지 않으냐?"

"아깝지 않습니다."

단호한 말투.

제갈량은 자신의 턱을 쓰다듬다가 흐릿하게 웃었다.

운휘라 불리는 이놈의 재능도 사실 만만치 않았다.

'게다가 신중하기도 하다.'

운휘는 쉽게 상대방을 자극하는 말을 내뱉지 않았다.

그저 고요하게 초류향을 응시하고 있을 뿐이었다.

노진녕은 운휘와 초류향의 대화에 끼지 못하고 어리둥절한 얼굴을 해 보였다.

'둘이 지금 무슨 헛소리를 하는 거야?'

노진녕이 보기에 초류향은 초류향이었다.

그가 다른 사람일 리가 없는 것이다.

노진녕이 혼란스러운 얼굴을 하고 있을 때.

초류향이 입을 열었다.

"너희 주인은 무사하다. 걱정 마라."

"……확실한 겁니까?"

운휘가 확인차 묻자 제갈량은 미소 지었다.

"그래."

"감사합니다."

제갈량은 고개를 끄덕이고 자리에 앉았다.

그가 천천히 눈을 감자 운휘는 조심스럽게 그를 지켜보았다.

그러다가 고개를 끄덕였다.

아주 미묘하게 초류향의 기세가 바뀌었다.

운휘는 그것을 눈치채고 기다렸다.

과연 잠시 후 초류향이 눈을 뜨며 얼굴을 와락 찡그렸다.

"괜찮으십니까?"

"예, 주군. 주군이야말로 괜찮으신 겁니까?"

초류향은 고개를 끄덕이고 고개를 돌려 재빨리 화령에게 다가갔다.

조금 전에 무슨 일이 있었는지 어렴풋이 기억이 났다.

'천마 홍순원!'

그가 이런 기회를 노리고 있을 줄은 생각도 하지 못했다.

분노가 치밀어 올랐지만 초류향은 자신을 억눌렀다.

지금 당장 중요한 것은 그런 게 아니니까.

초류향은 화령에게 다가가 그녀의 어깨를 잡아 상체를 일으켰다.

운휘와 노진녕 역시 그제야 누군가가 있다는 것을 깨닫고 시선을 돌렸다가 눈을 동그랗게 떴다.

"어? 이게 누구야? 이거 화령이 아닙니까? 분명히 죽었다고 들었는데?"

노진녕이 놀라서 묻자 초류향은 다급하게 고개를 끄덕였다.

그리고 운휘를 바라보며 말했다.

"어떤 상태인지 봐 주겠습니까?"

"알겠습니다, 주군."

운휘는 의술에도 나름 조예가 깊었다.

그랬기에 그에게 상태 확인을 맡긴 것이다.

운휘 역시 초류향의 표정을 읽고 급하게 진맥을 하기 시작했다.

화령의 손목에서 맥박을 읽고 있던 운휘의 얼굴이 차츰 기묘하게 바뀌기 시작했다.

"어떻습니까?"

"……."

운휘는 곤혹스러운 얼굴로 초류향을 바라보았다.

그 표정에 담긴 뜻이 결코 좋은 것이 아님을 알았기에 초류향은 긴장한 얼굴로 재차 질문했다.

"위험한 겁니까?"

운휘는 천천히 고개를 끄덕였다.

이것을 어디부터 어떻게 설명해야 할까?

잠시 동안 머릿속에 여러 가지 생각들이 복잡하게 떠올랐지만 그것을 다 지운 뒤 운휘는 초류향을 똑바로 바라보았다.

그리고 조용하게 말했다.

"맥박은 있습니다. 그러나 이것은 애초에 살아 있는 사람의 맥박이 아닙니다."

"그게 무슨 말입니까?"

맥박이 뛴다는 것 자체가 살아 있다는 가장 확실한 증거가 아닌가?

그런데 살아 있는 사람의 맥박이 아니라니?

무언가 말의 앞뒤가 맞지 않았다.

하지만 운휘는 초류향의 이런 의문을 예상했는지 곧장 설명을 덧붙였다.

"정확하게 말하자면 맥박이 뛰고는 있지만 스스로의 의지로 뛰는 것이 아닙니다."

"스스로의 의지가 아니다?"

"예. 저로서도 처음 보는 현상이지만 무언가 다른 것이 여기에 개입해 있습니다."

운휘가 난감한 얼굴을 해 보였다.

나름대로 의술에 조예가 있기는 하지만 그 방면의 경험은 사실상 많지 않았다.

그랬기에 이것을 어떻게 표현해야 할지, 그가 가진 지식으로는 명료하게 설명하기 어려웠던 것이다.

초류향은 그런 운휘의 마음을 이해했는지 고개를 끄덕였다.

그리고 곧장 화령을 안아 들고 자리에서 일어나 입을 열었다.

“선우조덕 님을 뵈어야겠습니다.”

“예. 아무래도 그 편이 가장 확실할 듯합니다.”

초류향은 바로 몸을 날렸다.

시간이 지체되어 봐야 좋을 게 없다고 판단한 것이다.

빠르게 이동하면서 초류향은 한 가지 결심을 했다.

‘이 일 뒤에는 분명 사대 세가가 있다.’

본래는 사대 세가를 안고 가려고 했다.

과거는 잊고 큰 목적을 위해서 함께 손을 잡을 생각이었던 것이다.

중원에 나가기 위해서, 좀 더 정확하게 말하자면 천하 통일을 위해서는 그들의 힘이 반드시 필요했으니까.

‘계획을 수정한다.’

이번 사건은 누가 봐도 노골적인 살해 의도가 깔려 있지 않은가?

그래도 단순한 암살 시도였다면 너그러운 마음으로 넘어갈 수 있었다.

하지만 지금 초류향이 분노한 것은 그 암살을 시도한 사람 때문이었다.

‘화령…….’

사대 세가가 그녀를 이용하려 한 것은 분명 잘못된 선택이었다.

그들은 어떤 식으로든 그 대가를 치러야 할 것이다.

쉬이이익—

초류향은 빠르게 몸을 날리면서 계속해서 끓어오르는 분노를 억누르기 시작했다.

지금은 분노를 터트릴 때가 아니다.

화령의 안위를 우선해야 할 때였으니까.

그들이 그렇게 이를 악물고 움직여서 선우조덕이 있는 약제당에 도착하기까지 걸린 시간은 한 식경(삼십 분)에 불과했다.

약제당의 문을 열고 들어가자 선우조덕이 병자들을 치료하고 있었다. 초류향이 들어섬과 동시에 그는 눈을 끔뻑이며 입을 열었다.

"무슨 일이십니까, 소교주님?"

"급하게 봐 주셔야 할 환자입니다."

초류향이 말과 함께 화령을 앞으로 내밀자 선우조덕은 그녀를 잠깐 훑어보다가 자신도 모르게 헉하고 헛숨을 들이켰다.

"이, 이리로 오시지요."

선우조덕은 화령을 안아 들고 곧장 약제당의 가장 안쪽으로 향했다.

그는 이동하는 내내 화령을 살펴보며 무언가 고민하는 기색으로 이해할 수 없다는 얼굴을 해 보였다.

초류향은 입을 열어 질문을 하고 싶었지만 꾸욱 참았다.

지금은 일단 선우조덕에게 모든 것을 맡길 생각이었다.

그에게 방해가 되고 싶지 않았던 것이다.

초류향 일행은 묵묵히 선우조덕의 뒤를 따라갔다.

탁—

약제당에서 정제된 약물들을 보관하는 창고에 도착한 선우조덕은 그곳에 있는 침상에 화령을 조심스럽게 누이며 입을 열었다.

"별일 없으셨습니까? 소교주님."

이동하는 동안 어느 정도 생각이 정리된 것인지 선우조덕의 태도는 침착했고, 그제야 초류향도 입을 열었다.

"사고가 있었습니다."

"대충 짐작이 갑니다."

초류향이 오늘 사대 세가의 주인들을 만나러 간다는 정보는 선우조덕도 이미 들었다.

그런데 저런 낭패스러운 몰골로, 죽은 줄 알았던 화령을 안고 갑작스럽게 이곳에 나타났다.

'게다가…….'

선우조덕은 화령이 어떠한 상태에 있는지 거의 정확하게 짚어 내었다.

그랬기에 초류향이 어떤 일을 당했을지도 상상할 수 있었다.

"이 아이는 독인입니다."

"독인이요?"

약간은 생소한 이름이었다.

하나 그게 무엇인지, 이름을 듣자마자 초류향은 이해할 수 있었다.

화령이 자신에게 사용했던 것이 바로 정체를 알 수 없는 지독한 독이었지 않은가?

"예. 독을 배우고, 다루는 자들에게는 꿈만 같은 경지지요. 몸 안에 흐르는 피는 물론이고 가볍게 내뱉는 숨결조차도 지독한 독기를 품고 있는 신체를 말합니다."

"……치료 방법은 있는 겁니까?"

이게 가장 중요했다.

화령이 독인이든 뭐든 그것은 상관없었다.

지금 이 상태에서 깨어나 본래의 기억을 되찾는 것이 가능할 것인가, 그게 가장 급했다.

'화령은 분명 나를 기억하지 못했다.'

눈만 봐도 알 수 있었다.

화령은 자신을 전혀 몰라보지 않았던가?

그때 잠시 곤란한 얼굴을 하던 선우조덕이 다시금 조심스럽게 입을 열었다.

"이 아이가 대체 어떤 방법을 써서 여기까지 도달할 수 있었는지는 모르겠지만…… 사실 저도 독인을 문헌상으로만 알고 있었지 실제로 접하는 건 처음입니다."

선우조덕은 화령을 한차례 살펴본 뒤 한숨을 내쉬며 입을 열었다.

"이건 병이 아닙니다, 소교주님. 때문에 치료법도 없습니다."

"……."

가장 우려하던 말이었다.

초류향의 얼굴이 흐려질 때.

가만히 지켜보고 있던 운휘가 입을 열었다.

"몸 안에 있는 독기를 완전하게 제거하면 어떻습니까?"

"그럼 죽겠지."

선우조덕이 고개를 저으며 냉정하게 말하자 운휘는 재차 물었다.

"영약으로 치료하면 어떻습니까?"

"그래도 역시 죽는다. 너도 짐작하고 있지 않으냐?"

운휘 역시 알고 있었다.

하지만 그가 이렇게 나서서 물어보는 이유는 간단했다.

초류향이 지금 괴로워하는 것을 알고 있었기 때문이다.

확실하게 시도할 수 있는 것과 없는 것을 구별해 놓아야 했다.

그때 선우조덕이 입을 열었다.

"솔직히 누군지 모르겠지만 대단한 놈입니다. 이런 괴물을 만들어 냈다는 것은 적어도 이쪽 방면에 완전히 통달했다는 뜻이겠지요. 본교에 이런 자가 있었다니 금시초문입니다."

선우조덕은 사실 초류향이나 운휘, 노진녕과는 입장이 조금 달랐다.

그는 화령과 별로 접점이 없었던 만큼 그녀에게 개인적인 감정이 없었기에, 지금 이 순간 순수하게 독인을 만든 자에 대해서 비난에 가까운 감탄을 한 것이다.

"지금 이 아이는 독 기운 때문에 살아 있는 것이나 마찬가지입니다. 쉽게 말하자면 독 기운이 이 아이를 살려 준 것이죠. 그러니 전신에서 독 기운이 없어진다면 당장 죽어도 이상하지 않습니다."

선우조덕이 초류향에게 부연 설명을 하자 운휘가 고개를 끄덕였다.

그도 같은 생각을 했기 때문이다.

초류향은 화령을 물끄러미 바라보았다.

그녀는 그저 잠을 자고 있는 것처럼 보였다.

아무런 고통도 괴로움도 모르고 곤히 자고 있는 모습을 내려다보다가 초류향이 입을 열었다.

"……저를 기억하지 못했습니다."

초류향의 말에 선우조덕은 고개를 끄덕였다.

"그럴 겁니다. 이 아이는 지금 뇌수까지 독에 완전히 절어 있으니까요."

"본래대로 돌아갈 수 있는 방법은 전혀 없는 겁니까?"

선우조덕은 약간 망설이다가 고개를 끄덕였다.

"예. 이 늙은이가 알기로는 그렇습니다."

선우조덕의 말에 초류향은 눈을 감았다.

그녀와의 기억이 뇌리에 떠오르며 화령이 자신을 어떻게 대해 왔는지도 자연스럽게 생각이 났다.

'이대로 포기할 순 없다.'

무슨 일이든 해결책은 존재한다.

지금은 단지 그게 무엇인지를 모를 뿐이다.

초류향은 화령을 원래대로 만들 방법을 필사적으로 생각하기 시작했다.

그때 선우조덕이 입을 열었다.

"어떻게 보면 이 아이는 독을 다루는 사람이 최고로 갈망하는 그런 경지에 도달한 겁니다. 불로불사의 절대 무적이라 불리는 경지가 바로 독인이거든요."

물론 이것은 어디까지나 제정신을 유지하고 있을 때의 이야기였지만.

선우조덕은 뒷말은 굳이 하지 않았다.

모두가 알고 있었기 때문이다.

그리고 불로불사라는 것은 축복이 아니라 저주에 가깝다는 사실도 굳이 이야기하지 않았다.

그때 화령의 전신을 이곳저곳 살펴보던 선우조덕이 다시 입을 열었다.

"조금 전에도 말씀드렸지만 저도 이런 경지가 있다는 것은 말로만 들었지 실제로 보는 것은 처음입니다. 게다가 전해져 오는 이야기와는 다르게 이 아이의 몸 상태는 딱 하나만 빼놓고 생강시와 다름이 없습니다."

강시와 비슷하다는 것은 인정했다.

그런데 하나가 다르다?

초류향은 눈을 빛냈다.

"딱 하나가 다르다는 건 무엇을 말하는 겁니까?"

선우조덕은 초류향의 질문에 고개를 끄덕이며 화령의 배꼽 바로 아랫부분.

즉 단전이 있는 부분을 손가락으로 가리키며 말했다.

"여기 이곳에 독단이 형성되어 있습니다. 똬리를 틀고 있는 부위 자체도 단전이라 아주 치명적이고 위험하지요. 게다가 여기에 있는 그것이 지금 이 아이의 심장을 강제로 뛰게 하고 있고, 억지로 숨을 쉬게 하고 있는 셈입니다. 덕분에 이 아이는 죽으려고 해도 죽을 수가 없는 상태지요."

초류향은 얼굴을 찡그렸다.

단전에 있는 무언가 때문에 죽지도 살지도 못하게 되었다는 말이 아닌가?

"그리고…… 이건 직접 보여 드리는 게 설명이 빠르겠습니다."

선우조덕은 무언가를 말을 하려다 멈춘 채 소매에서 예리한 단도 한 자루를 꺼내어 화령의 심장이 있는 부위에 떨어뜨려 보았다.

초류향이 그 예고도 없는 위험한 행동에 깜짝 놀랄 때.

텅—

약간은 묵직한 소리와 함께 단도가 바깥으로 튕겨 나갔다.

아무런 의식도 없는 상태에서 도검을 막아 낸 것이다.

"금강불괴!"

뒤에서 지켜보던 노진녕이 감탄을 터트릴 때.

선우조덕이 고개를 끄덕이며 말을 이었다.

"보시는 바와 같이 금강불괴에 가까운 신체가 되었습니다."

"……."

운휘를 비롯해서 초류향, 노진녕은 모두 어이없는 얼굴을 해 보였다.

금강불괴가 어떤 것인가?

칼과 검을 맨손으로 막아내고 물과 불에도 상하지 않는 최강의 육체.

그 무엇도 해할 수 없는 완전한 육체가 바로 금강불괴가 아닌가?

선우조덕이 입을 열었다.

"내부의 독단이 신체를 보호하는 겁니다. 아마도 화경의 고수가 전력을 다해서 뿜어내는 강기가 아니면 몸에 생채기도 못 낼 겁니다. 설혹 낸다고 하더라도 회복력이 워낙에 빠르니까 금세 회복이 될 테고……."

초류향은 턱을 쓰다듬었다.

이것은 확실히 이상했다.

이 세상에서 거저 얻을 수 있는 것은 아무것도 없다.

기억이 있든 없든, 단순하게 생각했을 때 이 경지까지 육체를 완성시키기 위해서 화령이 정말 얼마나 많은 고통을 견뎌야 했을까?

'상상이 가질 않는다.'

뿌드득—

누가 어떤 의도로 화령을 이렇게 만들었든 상관없었다.

놈은 반드시 그 대가를 치를 테니까.

"어떻게 하실 겁니까?"

초류향은 고민했다.

그러다 무엇이 생각났는지 선우조덕을 바라보며 진지하게 입을 열었다.

"깨어나면 아마도 위험할 겁니다. 누가 누구인지 못 알아보니까요."

선우조덕은 고개를 끄덕였다.

"단지 재워 두는 것뿐이라면 이 늙은이가 할 수 있습니다, 소교주님."

문제는 재우는 것 외에는 할 수 있는 게 별로 없다는 거였지만.

선우조덕이 뒷말을 속으로 삼키고 있을 때.

초류향은 자리를 털고 일어섰다.

"다녀와야 할 곳이 있습니다."

"어디를 가실 생각이신지 여쭈이 봐도 괜찮겠습니까?"

선우조덕의 질문에 초류향은 고개를 끄덕이며 입을 열었다.

"사대 세가의 수뇌부들을 만나러 갑니다."

초류향이 서늘한 음성으로 말하자 선우조덕은 불안한 얼굴을 해 보였다.

그리고 운휘와 노진녕에게 눈짓으로 어서 좀 말려 보라고 재촉했다.

노진녕은 고개를 슬쩍 돌려 그 시선을 외면했고, 운휘는 난감한 기색을 보였을 뿐이다.

운휘 역시 지금 초류향이 보이는 사대 세가에 대한 분노를 이해했기 때문이다.

'하지만…….'

초류향은 분명 자신에게 천하를 얻고자 한다고 했다.

천하를 얻기 위해서는 사대 세가와 어느 정도 타협점을 찾아야만 했다.

감정적으로 대처해서는 안 되는 문제인 것이다.

막 그 점을 조심스럽게 말하려는데 초류향이 입을 열었다.

"우선 화령을 이렇게 만든 자를 데려오겠습니다. 그자가 만들었다면 원래대로 돌아갈 방법도 알겠지요."

선우조덕은 초류향의 말에 급하게 수긍했다.

"혀, 현명하신 생각이십니다. 확실히 이쪽 방면에서는 그자가 저보다 나을 겁니다, 소교주님."

초류향은 선우조덕의 불안한 얼굴을 보며 그가 무엇을 걱정하는지 알았다.

하지만.

"사대 세가는 이번 일에서 결코 자유로울 수 없습니다."

누군가는 이번 일에 대한 확실한 책임을 져야 했다.

그냥 묻어 두려 했던 것을 먼저 꺼낸 것은 저쪽이었으니까.

바깥으로 나가는 초류향의 얼굴이 얼음장처럼 싸늘해졌다.

〈다음 권에 계속〉